向陽——主編

白靈　焦桐　陳義芝　蕭蕭——編委

編輯凡例

一、本詩選以新世紀出現詩壇之新世代詩人為選輯對象，以入選者之創意性、殊異度及影響力為薦舉條件。經編委會討論，薦舉五十二家，選入二三二首詩作。

二、新世紀，即二十一世紀；新世代，指一九八〇—一九九九年出生、活躍於二〇〇〇—二〇二二年的詩人。

三、選錄範疇：以二〇〇〇—二〇二二年發表於臺灣出版的詩刊、詩集、詩選、報紙副刊、文學雜誌之詩作為範疇。

四、選稿矩度：以「凸顯新世代詩人特色，展現新世紀新詩版圖」為矩度。

五、編選秩序：選入詩人依出生年月序齒，詩作以發表先後為次，各具倫常。

六、編選體例：依筆名（下附出生年）、作品（篇後附發表處）、詩人（自撰簡介）、詩觀（詩人自述）與詩評（編委撰述）為序，體例井然。

目錄

林宇軒（一九九九—）泥盆紀、天真、傷停時間、前戲、路上的行人

導言

瞭望臺灣新詩新版圖

向陽

一、

呈現在你眼前的這部《新世紀新世代詩選》是以一九八〇年迄二〇〇〇年出生的詩人為編選對象的選集。因此，這是一部將焦點聚集在現年二十到四十歲上下的新世代詩人創作成果詩選。在臺灣百年新詩發展的舞臺上，收入這部詩選的新世代詩人，在二十一世紀的第一個二十年，用作品展現風華各異、聲腔有別的身影、臺步，宣示他們不同於二十世紀各世代詩人的位置，容得讀者詳加賞覽，斟酌細品，並給予掌聲。

這部《新世紀新世代詩選》的編纂，緣起於二〇二〇年《新世紀二十年詩選》的出版。《新世紀二十年詩選》係由蕭蕭主編，白靈、陳義芝、焦桐與我擔任編委，精選二〇〇一年到二〇二〇年間六十位臺灣重要詩人創作的精典詩作而成，具體展現了新世紀二十年詩壇的風采。這套書出版後備受重視，唯我們五位編委仍覺有所欠缺，在一次例行聚會中進行檢討，發現一九八〇後的詩人僅有葉覓覓（一九八〇—）與崔舜華（一九八五—）兩人入選，未能突出新世代詩人群這二十年間的多元表現和創作成果，而有專為新世代詩人新編詩選的構想，並委我主編。這個構想獲得九歌陳素芳總編輯的支持，經過一年多的編選作業，終於有了這部《新世紀新世代詩選》的誕生。

臺灣歷來的詩選甚多，剔除個人詩選、同仁詩選，以及各類主題詩選（如愛情詩選、海洋詩選、地誌詩選、政治詩選、臺語詩選……等）不論，最常見者為以擇優汰凡、型塑經典為目的，編選多人佳構的詩選。這類選集，時間跨度長者如《中國現代文學大系・詩卷》（巨人，一九七二）、《中華現代文學大系・詩卷》（九歌，一九八九）、《二十世紀臺灣詩選》（麥田，二〇〇一）、《新詩三百首・百年新編》（九歌，二〇一七）……等；時間跨度以年代切割的如《六十年代詩選》（大業，一九六一）、《七十年代詩選》（大業，一九六七）、《八十年代詩選》（濂美，一九七六）；時間跨度最短者則是單一年度詩選如《一九七〇年詩選》（仙人掌，一九七一）和後來的爾雅版、前衛版、二魚版等年度詩選。

相較之下，聚焦於「世代」這個社群屬性或概念而編選的詩選並不為多。記憶中最早的世代詩人選集應是朱沉冬、沈臨彬、張默、管管合編的《新銳的聲音：當代二十五位青年詩人作品集》（三信，一九七五）。這本詩選選錄的青年詩人當年最長者二十八歲，最小者十六歲，出生年在一九四七至一九五九年，屬於戰後世代詩人選集。其中如蕭蕭、渡也、蘇紹連、汪啟疆等今皆已成大家。

同樣聚焦於戰後世代詩人的另兩本詩選，一是由當時的青年詩刊《綠地》編選的《中國當代青年詩人大展專號》（德馨室，一九七八），選入當年三十五歲以下（一九四六到一九五九年出生）的九十七位詩人作品。這是由戰後世代詩人編選的第一本戰後世代詩選，廣納了當年從事現代詩創作的青年詩人。二是由我編選的《春華與秋實：七十年代作家創作選・詩卷》（文化大學，一九八四），這本詩選是以強調世代差距，有意與前行世代詩人有所區隔的選集，我在編選序文中如此強調：

> 在整個七十年代的十年間，這些新世代詩人不斷透過詩刊的改革、詩社的運動、詩選的編輯以至詩的詮釋、解析，實踐他們與前行代詩人不同的理想，他們甚至也透過詩與畫、詩與歌、詩與其他藝術創作結合的努力，多元而又集中地促成詩的社會化。這種風潮提醒了前行代正視現實、調整詩路，影響所及，各報副刊亦自一九七五年起接受詩作，六十年代末期現代詩運的渾噩自此才算一掃而空。

這本詩選選入的詩人，出現詩壇多在一九七〇年代，當年稱為「七十年代詩人」或「新世代詩人」；他們都生於二次大戰之後，為了區隔戰前出生的前行代，因此也有「戰後世代詩人」之稱。以「世代」作為概念的詩選，到此有了明晰的面貌。

接著，具有「世代」概念的詩選是林德俊編選的《保險箱裡的星星：新世紀青年詩人十家》（爾雅，二〇〇三），選錄自一九六八至一九八一年出生的詩人紫鵑、李懷、吳文超、徐國能、李長青、林德俊、解昆樺、陳柏伶、陳雋弘、曾琮琇十家，可說是首部一九七〇世代詩選；以一九八〇世代為主的詩選，則是楊宗翰策畫，謝三進、廖亮羽編選的《臺灣七年級新詩金典》（釀出版，二〇一一）。「七年級」指的是民國七十至七十九年（即一九八一至一九九〇年）出生的詩人，計選入何俊穆、林達陽、廖宏霖、廖啟余、spaceman（孫于軒）、羅毓嘉、崔舜華、蔣闊宇、郭哲佑、林禹瑄等十位詩人作品。這本詩選的特色是由同世代評選同世代的方式編選，入選詩人均是崛起於網路與數位年代的詩人，他們以臉書、噗浪、推特、部落格等自媒體為基地而成家，詩選展示了他們與前行世代詩人不同的語言風格和美學。

再接著出現的世代選集，則是陳皓、陳謙合編的《一九六〇世代詩人詩選集》（小雅文創，二〇一四）、《臺灣一九五〇世代詩人詩選集》（小雅文創，二〇一六）與陳皓、楊宗翰合編的《臺灣一九七〇世代詩人詩選集》（小雅文創，二〇一八）。三本世代詩選，含括了一九五〇、一九六〇到一九七〇年代出生的「世代」，加上前述各時期已出世代詩選，就能觀察出戰後臺灣詩壇不同世代詩人相互殊異的創作風貌和美學表現；連結起來，則共構了戰後臺灣新詩的總體系譜。

這部《新世紀新世代詩選》，在前述已出的世代詩選基礎上出發，之所以擇定以一九八〇年迄二〇〇〇年出生的新世代詩人為編選對象，理由有三：一、補遺：補充《新世紀二十年詩選》一九八〇世代詩人作品選錄之遺憾，也擴增《臺灣七年級新詩金典》未選詩人之不足；二、強化：在既有世代詩選中，仍未見收錄的是一九九〇世代詩人，他們的年歲約在二十二到三十二歲之譜，同屬新世紀新世代，選錄他們的詩作，自可強化新世代陣容；三、彰顯：一九五〇世代詩人往前與一九二〇世代詩人（如一九二一年生的周夢蝶，一九二四年生的林亨泰，一九二八年生的余光中、洛夫、羅門等）約有三十左右歲差，顯示前行代與戰後代的世代區隔，也約為三十年。一九八〇世代晚於一九五〇世代同為三十年左右，通過較詳盡、較全面的詩選，應可突出新世紀新世代詩人迥異於前一世紀戰後世代詩人的身姿和臉顏。在意義上，也彰顯了詩壇世代交替時代的到來。

二、

「世代」是一個具有文學社會學意義的概念，它是以時間軸為基準，泛指在同一個時間軸之內出生的人群，他們擁有共同的時代背景、生活經驗和集體記憶，因而與不同世代產生世代差異，表現在文學創作社群上，也可視為觀察文學風潮、流變和美學差異的基準之一。

以臺灣詩壇的「戰後世代」為例，他們大約出生於一九四五年二次大戰結束之後，以迄於一九五八年八二三炮戰後的時間軸內。他們接受的是國民黨統治下的完整教育，見證過反共國策和白色恐怖統治；他們進入文壇之際，大約已進入一九七〇年代，成為一九七〇世代作家，又共同見證了中華民國的外交頓挫，重行省思文學與時代、土地的關係，因而表現在這個世代的文學傾向，就是從前一世代的現代主義轉向寫實主義和本土書寫。

法國文學社會學家埃斯卡皮（Robert Escarpit）在他的《文學社會學》中，曾針對作家的書寫提出兩個概念：即「世代同儕」和「班底集群」的集體現象。「世代同儕」，指的是出生於某一時期的作家會形成精英輩出的世代，在文學編年史上叢聚而出，如天上星辰，照亮文學史某個特出的年代。以臺灣新文學史為例，一九三〇年代日治下臺灣作家的群出、一九五〇年代來臺作家的群聚、一九七〇年代鄉土文學與戰後代作家的群起，都是顯例。現代詩壇的世代現象亦復如此。

如從「班底集群」現象來看，埃斯卡皮指出，班底通常反映在改朝換代、革命、戰爭或其他重大政治事件發生之際，會促成同一時期的作家集群以結社方式出現於歷史舞臺上，並通過班底集群的書寫共識改寫文學史。中國的五四運動、臺灣的鄉土文學運動都具有這種特質。現代詩壇現代派的成立，以及前一世紀的詩社林立，互相論戰，競逐詩壇文化領導權也是這樣。

「世代同儕」和「班底集群」也有疊合的時候。如一九五〇年代的臺灣現代詩運動，就是「世代同儕」和「班底集群」雙重疊合的結果。紀弦、覃子豪、林亨泰的書寫，可以視為同一世代的群聚；現代派的成立，則是班底的形成；其後藍星詩社、創世紀詩社、笠詩社的成立，都存在著世代和班底的交相影響。一九七〇年代，戰後世代組成的龍族詩社、主流詩社、大地詩社到陽光小集，既是世代同儕的相濡以沫，也是班底集群的相互取暖。

不過，到了新舊世紀之交，詩壇班底集群的現象已不復蓬勃。過去的詩社林立、論戰頻仍，已不復見，平面媒體（副刊與詩刊）的傳播力更逐漸消頹，轉而為網路、數位乃至影音媒體所取代，詩人的創作和定位不再需要班底集群的肯定，而是依靠作品，以及世代同儕的關注而受到認可。新世紀之後，新世代詩人的創作趨勢，也因此可以由世代同儕的現象切入觀察。新世代詩人通過他們各自獨立的書寫，標誌他們的書寫位置；他們的混聲合唱，也足以呈現不同於舊世紀的嶄新景觀。

《新世紀新世代詩選》的重大意義就在這裡：通過編選出生於一九八〇到二〇〇〇年出生的新世代詩選，可以讓我們了解這個世代詩人的總體風格，區辨他們和前世紀的戰後世代詩人的美學差異：他們如何通過詩反映（或者不反映）身處的時代、家國？如何通過詩與社會進行（或者不進行）對話？上個世紀常見的美學爭辯（現代主義／現實主義、後現代／後殖民）似乎對他們已經不造成困擾，他們自由航行在詩的大海，飛翔於詩的天空，不受羈絆、毫無滯礙。這種可喜的現象，在這部詩選中歷歷可見。

這本詩選收入的新世代詩人，從生於一九八〇年的何亭慧、葉覓覓，到生於一九九九年的林宇軒，共五十二家，依照出生年序編選他們的代表作。一九八〇世代的詩人四十三家，一九九〇世代詩人九家；女性詩人十八家，餘為男性詩人，也如實反映了新世代在新世紀前二十年的創作生態。總體來看，五十二家詩人，無分性別、族群或出身，都在同一個天空之下，同一塊土地之上，以神態各異的樹的姿勢展現風華，或者如飛鳥一般展翅翔飛。從內在心靈的獨白、敘說、挖掘，到外在現實的凝視、參與、批判；從私己空間的感性觀照，到公眾事務的知性反思；從語言的選擇、技巧的混用，到文類的混雜、美學的建構——他們各有所長，各有風格，合而觀之，如眾樹，蔚然成林；也如眾鳥，展翅飛天。展讀這五十二家詩人作品，足以讓我們一覽新世紀新世代詩人相互競秀的風姿，以及他們用詩作勾勒出的新世紀版圖。

如以世代差異來看。約略以言，一九五〇世代詩人出現於一九七〇年代，受到臺灣政治與社會變遷的影響甚大，多半充滿改變家國的壯志，因而掀起臺灣現代詩從現代主義轉進到寫實主義的風潮；一九六〇世代的詩人出現於一九八〇年代，正是臺灣走向解嚴，社會逐漸開放的階段，這使他們嘗試以解構的後現代手法，通過作品與社會與互動；一九七〇世代的詩人則是在一九九〇年代臺灣已然解嚴下出現，詩壇遊戲規受到網路影響而潰散，舊世紀的美學也受衝擊，使他們的書寫陷入困局。一九八〇之後的新世代不同，他們出現於二十一世紀的新舞臺，擁有臺灣已然民主、自由的語境，可以放開束縛，展現多樣、繁複的書寫方向，用他們自己的美學、信仰和語言，表現最真實的自我，他們是不受單一規尺、單一美學影響的世代，天空任他們飛，大海任他們翻。

二、

臺灣新詩的發展，從一九二〇年代迄今百年，歷經兩個殖民年代，不同世代的詩人各有在不同年代需要面對的書寫課題。戰前日治時期的詩人，在殖民語境之下，面對的是語言問題，包括生活的語言和文學的語言，面對日文、漢文和臺灣話文的選擇，世代差距並不大，而是到底要依附殖民帝國語言或者重建民族文學語言的差別。其間雖然也有風車詩社高舉超現實主義的美學旗幟，畢竟未能竟其全功。

國民黨威權統治時期（一九四五至一九八七年），同樣存在語言問題，首先是戰後初期，「跨越語言的一代」必須從日文書寫轉為華語書寫的關卡，導致本土詩人必須等到一九六四年成立笠詩社之後才能跨出步伐；其次是一九四六年開始執行的「國語」政策，以及隨之而來的國語運動，也使得臺灣本土語言無法發展，更遑論透過創作，形成文學語言，必須等到一九七〇年代中期才出現臺語詩人及作品、一九八七年之後才有客語詩人及作品，而以原住民族語書寫的詩作則要到進入二十一世紀之後才出現。

百年臺灣新詩史（乃至文學史）的最大缺角，就是臺灣本土語言作品的缺席。這個令人遺憾的現象，也存在於這部《新世紀新世代詩選》之中，以臺語、客語、原住民語書寫的詩人都僅有一家（依序是李桂媚、林益彰、沙力浪），顯示進入新世紀之後，一九八〇後的新世代詩人以本土語言寫詩者已有萎縮的趨勢。對比於一九九〇年代本土語言詩人的寫作陣容之多，簡直不可同日而語；對照二〇一八年年立院三讀通過的《國家語言發展法》，已將臺灣各固有族群使用之語言及手語列入的新法，新世代多數使用華文寫詩，不善於閩、客、原住民族語的趨勢，也令人憂心。

其次，在表現美學上，新世代詩人群固然擁有全然開放的語境，無需被各種美學主張或主義所拘限，但正因為如此，也可能陷入不知為何而寫、如何而寫的困境。特別是創作年齡仍在起步階段的詩人，創意和想像力不缺，缺的可能是詩觀的建立、語言的驅使和詩想的掌控。詩觀，建立在詩人的世界觀上；語言與詩想，則是呈現詩人獨特風格的雙翅，如何精確驅使語言、掌控詩想，就能如何在詩的天空飛翔。這是所有詩人，當然也是新世代詩人都得面對的課題。在現代主義和寫實主義（或者古典主義、浪漫主義）、後現代和後殖民之間或之外，新世代未來如何開展新世紀的新美學，自然也令人期待。

最後，要感謝與我一起編選《新世紀新世代詩選》的蕭蕭、白靈、陳義芝與焦桐等諸位兄長。我們在卸下二魚版《年度詩選》編委重責之後，依然每年一聚，共商如何為現代詩壇做些事情，二〇二〇年《新世紀二十年詩選》的推出，與這部《新世紀新世代詩選》的續出，就是在我們共同商議入選名單、分工撰寫評析之下完成。我們五人都屬戰後世代，出發於一九七〇年代，當時也被稱為「新世代」，在將近半世紀之後，勉力用心，為新世紀上場的新世代編纂詩選，既有樂見新浪襲來的喜悅，也有殷盼臺灣新詩長河浩浩湯湯的期許。

願以這部《新世紀新世代詩選》，向選入的五十二家詩人致敬！也希望這部由舊世紀的「新世代」用心精編的詩選，能夠引導讀者進入新世紀新世代詩人的創作世界，瞭望他們用詩作開創的、較諸前一個世紀更加寬闊的新版圖。

二〇二二、清明時節・暖暖

黃岡（一九八六——）

是誰把部落切成兩半？

海是那樣藍，山谷是那樣深，所以更會有遍地傷心。但你／妳必須要去逼視，唯有如此，才能從一個小孩長成為一個男／女人。獻給港口國小的孩子們。

ina常常在這邊呼喊我的名字
叫我去那邊的雜貨店跟Pilaw買一包檳榔
一條沒有禮貌的山路開過我家大門
它跟我一樣有座號
它是十一號　我是九號

去年，Kacaw的狗來找我玩時
被撞死在路上
ina說：

「只是小狗沒關係，還好不是人。」
從此以後，四鄰的路口多了一根
凹凹凸凸的鏡子——
對著Pilaw的檳榔攤照
我們以為是Pilaw愛照鏡子
還躲起來偷偷笑她　但其實
我們小孩子才會一直跑到鏡子前面
看我們的臉變形變大變得很好笑
ina說以前才沒有這條馬路
整個部落都是連在一起　可以跑來跑去
我們的路走在沙灘上
阿公沿著沙灘到水璉去傳教
海浪會記得他的腳印　不會把他淹沒
現在山路載來了好多都市的人
也載走我們的檳榔、魩仔魚
海灘就漸漸消失
浮了好多肉粽上來
我跟Kacaw都會爬在上面玩躲貓貓

還可以抓kalang[1]
我們的路走進了山裡
沿著路穿過兩座山就會來到我家門口
路的另一邊有雜貨店和教堂
很多老人到現在還以為是從前
過馬路就像在散步
車子就會搖下車窗來罵人
說我們馬拉桑了啦
但是阿公才不會穿西裝把導係[2]
他是要去那……一邊的教堂
馬路沒有很寬只是車很快
所以我們都要排隊見上帝

二〇一二年第八屆林榮三文學獎新詩首獎作品

英文翻譯於二〇一六年首次發表於美國安提阿大學創意寫作期刊《Lunch Ticket》

1 阿美語「螃蟹」之意。
2 padawsi，阿美族人在家庭、朋友團聚的場合，喝酒、唱歌、聊天的行為。

女神變形

我忘記了我十六歲的身體——
無法可想、無跡可循
她應是雙乳圓白、落下兩粒青梅
掩映在佈滿蒸氣的澡堂鏡子中
我有過的凝視，落在同心圓的乳之弧線上
也曾戲謔地撫觸看她如何身為女人
而地母濕婆、女媧夏娃諸神肆虐眼前
天啟洪荒，我自一片茫然的神話中站起
想著我如何逃離伊甸園
如今，堪比棚下絲瓜鬚根垂條篡取養分
（而我卻非瓜迭綿延，或垂垂老矣）
童年時奶奶換衣迸落的兩粒就這麼植入眼前
慾望仍像丘底湧泉流動，汩汩與河谷溪川匯合
（可恥地慢慢站起來，自泥黑沼澤處）那年

我拿裹尸布壓迫她們 勒緊，纏繞，窒息
不願她們如此美好，吸收陽光空氣和水
還可以和我侃侃而談繁殖，我不再凝視
直到那一天妳毫不客氣將她翻出來舔舐
喚醒沉睡凹底的黑暗
從丘之頂萌發絲絲細膩傳遞全身
如同 雷擊那一震顫
我復甦醒再度欲望、再度凝視
即使鏡子破裂也無法掩飾她
醜陋、垂敗、卻顫慄如春櫻

二〇一三年第八屆葉紅女性詩獎作品
入選《同在一個屋簷下：同志詩選》
英文版本首次發表於二〇二一年亞裔美國作家工作坊（AAWW）線上雜誌「酷兒時間：臺灣同志文學專輯」

太平洋的浪，打上了岸就要散去

太平洋的浪，打上了岸就要散去
不知道為什麼
那年夏天的浪特別高
阿公卻沒有上岸
手抄網還劏在沙裡喝海水
Podaw[3]通通游回秀姑巒裡去
全村的人拖著膠筏找阿公
我跟爸爸沿路撒網
船頭有檳榔和燃燒的香菸，爸爸說
像平常一樣拖著網子走
說不定可以把阿公帶回家
陳金茂最愛喝的保力達阿嬷擺在竹竿下
竹竿上七十二號球衣在風中啪噠啪飄⋯
不知道興隆牛晚上贏了沒？

紅紅的帳篷叫做海巡隊
直升機和快艇在海上飛來飛去
全村的人在海邊喊著：陳金茂！
Cikawasay[4]說阿公還在附近沒有游太遠
我就三天沒有去學校

三天之後，竹竿下的眼淚少了，飲料多了：
臺啤、米酒、保力達、國農牛奶和紹興
全是人家的乾杯，講到阿公又哭又笑
阿嬤慢慢回到海邊micekiw[5]
餓了，就往海裡一撈
逐著海浪的腳印一進　一退
把大冰箱裡的食物放進小冰箱去

3 阿美語「魚苗」之意。
4 阿美語「祭師」之意。
5 阿美族人採集海岸貝類、海菜的經濟行為

太平洋的浪打上了岸，人就要散去
小冰箱裡再也沒有阿公的podaw
夜間的頭燈像不睡覺的瞌睡蟲
從山上湧到海邊

一艘穩穩的　　　　　　大漁船
開到藍色公路上面
太平洋的藍色公路上面那
一艘大漁船的後面的網子裡面通通都是podaw的屍體龍蝦
的屍體飛魚的屍體旗魚的屍體蘋果西打的屍體陳金茂
的屍體富士相機的屍體作業本的屍體螃蟹的屍肉
林長順的尸死人本阿昌哥哥的尸死人本……

那艘船的頭燈最大
我很想問問他：有沒有看到我阿公？

選自《是誰把部落切成兩半？》（二魚文化，二〇一四）

襪子

我們把襪子交換亂穿
黃配藍　綠配紫　桑青配桃紅
笑鬧在顛倒混搭的快感裡
褲管露出的一截
我們五彩繽紛的青春

疲倦了之後
我們只想好好把襪子穿回
卻怎麼也配不成對
打亂了顏料的調色盤
補釘一樣裝飾著我們的房子

像聖誕節的七彩燈球
虛張聲勢著一種幸福
錯亂的顏色相互排斥
最後我們放棄嘗試
穿走一半的襪子離開
而把另一半留給對方

寫於二〇一八年

詩人

黃岡（一九八六—），詩人作家，酷兒non-binary；他／X也／ta不是女士，亦非先生，叫他黃岡就好。截至目前為止的創作刻痕有族群、城市與性別。著有詩集《是誰把部落切成兩半？》（二魚文化，二〇一四）、被博士班耽誤的紀實文學《狂飆之城異托邦》（無限期修改、尋覓出版中）、編輯《同在一個屋簷下：同志詩選》（黑眼睛文化，二〇一九）。獲過林榮三文學獎、時報文學獎、楊牧文學獎、葉紅女性詩獎、臺灣文學獎金典獎題名、國家文化藝術基金會創作補助、聖塔菲藝術學院駐村作家。現正創作詩集《X也們——華語酷兒的生命故事》。他的另一個身分是聖路易華盛頓大學中文與比較文學博士生，研究聚焦後冷戰時期的中港臺地緣政治、新極權主義與社會運動。

喜歡美食與烹飪，夢想是養兩匹馬然後一直創作下去。

詩觀

空氣中有一首詩，輕靈透明
以舒緩的分子間距，在向晚六時太陽與月亮同時
存在於同一個天空的時刻，均勻密佈

遠去的風暴在多岬角的南太平洋島嶼
削弱成最後一個氣旋，吹送到我所在的小島
輕輕撫弄著我的髮旋，那向左旋的髮旋

我反覆逡巡、逡巡沒有理由
我渴望融入成為那萬分之一的水氣分子
我渴望被楠木樟樹鳳凰木以及瓊崖海棠擁抱
我渴望站在麵包樹底下聽夏天搗爛如泥
我在這裡反覆轉悠、轉悠直到
最終我也成為了一棵樹

在向晚的六點十分，天空同時擁有太陽和月亮的時刻
有一首詩在空氣中飄盪，在我的腳踏板上轉悠、轉悠
此刻，我誠實如風暴
澄澈如海洋

詩評

黃岡截至目前為止只出了一部詩集《是誰把部落切成兩半？》，語言清順，學得原住民腔調，因此，很容易看清她的特色。陳義芝說她「含融多元文化元素，以生命體驗表達對山海、族群、命運的探索。」陳育虹欣賞她「藉著抒情與敘事交錯，感性與知性兼融的書寫風格。」楊佳嫻則指出黃岡「非原住民寫原住民，跨界線的追尋，通過詩，勇敢試探承擔的可能。」有原住民身分的董恕明則有這樣的讚許「她的筆和心，確是非常專一的透過世事萬象，在逼問這世界的是非、公理與正義。」

關注同志問題，所以黃岡編寫《同在一個屋簷下：同志詩選》，此處選錄的〈女神變形〉屬於這類型的女性詩、同志詩，但將文化的根源推極到宇宙的初啟，人類的始祖，「地母濕婆、女媧夏娃諸神肆虐眼前／天啟洪荒，我自一片茫然的神話中站起／想著我如何逃離伊甸園」，應用了中西神話，和諧並存，呼應著「女神」二字，也拓展女神的歧義發展。

關懷原住民議題，所以黃岡完成了「主題明確，有時空觀，有在地性，架構清楚，內容寬廣的詩集《是誰把部落切成兩半？》」（陳育虹語）。此處選錄主題詩〈是誰把部落切成兩半？〉，站在原住民立場，應用原住民思維與措詞：「一條沒有禮貌的山路開過我家大門」、「我們的路走在沙灘上」、「海浪會記得他的腳印　不會把他淹沒」、「很多老人到現在還以為是從前」、「馬路沒有很寬只是車很快／所以我們都要排隊見上帝」，寫出了真，也應用了文化差異寫出文學的歧義，親切中有儆醒，〈太平洋的浪，打上了岸就要散去〉，承襲這種調性，還應用了圖像效果，形式與內容都發揮了各自不同的作用。（蕭蕭）

陳少（一九八六——）

海的文學史

浪
是海的皺紋吧
剛毅的線條和力道
篆刻太平洋
幾萬年才年輪這輩子的洋流

習慣人群的人不敢想念海
山的倒影襲來
海會在人群中輕易地指認
比海還深的孤獨

我遠遠盯著十年後的自己

比現在更習慣一個人，一個人靠近質數
不斷隱匿在大霧之中
我想山也是

蛾產卵
死亡遠大於存活
那些最有資格的昆蟲鳥獸
輪流隆起成山
輪流低窪為湖
我們被遠遠拋在原地
苦苦學步

從眼前游過的魚
鱗片反光
也許是上下輩子
所遇見
決定互換肺與鰓的對象

嚮往海的人啊
死後志願候補為山
日夜扔擲巨岩，抽長森林和稜線
睡足八小時，把肺腑海拔最高
每天凝視海的遼闊
每天讓海穿越身體

畢竟離開羊水的那刻
我們就得重新學習
閉氣與漂浮
打水與相愛

原載二〇一七年四月十七日《鏡週刊》文化

黑色的雨

——Mt. Yasur, Tanna Island

腳下覆蓋著

掃也掃不完的謊言
一踩就鬆散
碎裂

（你曾反射
光芒磊落的眼神
真懇的諾言
黯淡之後，還是嗎）

你說你要跟著傳說上山
黑色泥壤
生養瘦弱的芋頭紅蘿蔔榕樹鬚根
荒蕪的山頂有一座黑色聖殿
心臟色的火山盛開
岩漿像花瓣一片一片衝向空中
一些
飄落地面
生根口感多汁的

紅番茄

方圓十公里的天空陰沉
愛沙尼亞人，法國人，美國人和我
也跟著傳說上山
火山灰遍布樹葉及河流
沒人再提起族人殉情的往事
黑色的雨
一點一滴相連
宛如她的髮
黑與哀戚
火山哭出帶血的淚

早就不再奢望
能獲得什麼祝福
不再阻止成群的隕石衝向大氣層
諾言
不過是一顆狂風中無助的雨

我全心全意渴求
擊中你白色襯衫
最靠近火山口的位置

註：二〇一五年十月二十二日，我爬上塔納島的活火山——Mt. Yasur，這是當地住民的聖山，火山每隔十幾分鐘會小小地噴一次，很像人們在打噴嚏。短短一下子但十分震撼，火山灰飄揚鋪天蓋地，結合烏陰下起黑色的雨。

塔納島莫約在一九八〇年代，島上的不同部落，常以聯姻的方式維持兩方的和平。但有一對相愛的青年男女，不願被政治聯姻拆散，憤而在火山口殉情，後來在兩方部落的酋長會議之下，一九八七年開放自由戀愛，真人真事改編為電影《塔納島之戀》（*Tanna*）。

原載二〇一七年四月《印刻文學生活誌》第一六四期

不想家的方式

——Home of Sopo and Tui, Falefa

決定不再隨便回頭

縱使我仍不熟悉
赤道另一側
腳下所踏的這座島

我必須認真對周遭感到好奇
太平洋的肚臍下陷
務必繃緊神經跳過窟窿
抓住聚落伸出的繩
以防墜入恐懼
比起目眩的慶典
像我這樣的人更適合
陰天及擔憂

擔憂凹凸不平的鍋具，沒有牆壁的客廳
我按下沖水馬桶，將軟泥沖入菜園
暫解旱象，種育多道菜色
豬和狗和貓
啃咬吐司維持溫飽

全家福合照，獎座，重要的證書
早餐吐司配餅乾
我都不該貿然拍下

Tui爸爸載Fisaga上學，Malu翹課
帶我去瀑布河游泳
少年洗頭洗澡，婦女洗衣談笑
Sopo媽媽塞了兩瓶薩摩亞水送我出發
等了一小時公車
拍一張風在早操的照片
這很可能是
神的肖像

月亮得跛扈
在漆黑的海面披散柔白的光
我並不打算忽略中秋
但故鄉老是傳來壞消息

這座島明天開始夏令時間
十月有白色星期天
我好奇明天醒來
就會好奇的事物

原載二〇一七年六月《創世紀詩雜誌》第一九一期

山羌的眼睛

我
在你的身體裡復生
在你的血液裡流動
慢慢　慢慢
把自己拼湊起來

首先是胸與背
胳膊與大腿
慢慢縫合　慢慢癒合

怎麼少了一根肋骨
被扔到哪裡去了
唉
我需要一點時間釋懷

「打擾了」
我的夥伴
會飛的　會跳的
全都進到你的身體

共用一雙手，兩隻耳
同一顆心
你感覺到了吧

透過你的眼睛
我將再次看到世界
看到未來不久

你就要死
會如此肯定
正因為我經歷過
當你咀嚼我們的那刻
不用擔心　也不用害怕
你走了以後
我們會用你的身體　你的雙腳
慢慢回到森林

註：某日讀新聞〈三杯穿山甲、紅燒山羌肉！知名餐廳冰庫查獲保育類動物〉，難過而作。

原載二〇一九年九月二十四日《自由時報・副刊》

詩人

陳少（一九八六─），出生於桃園，元智大學主修財金、輔修中語，臺北教育大學語文與創作所碩士。

著有詩集《被黑洞吻過的殘骸》（印刻，二〇一五），以及浪跡薩摩亞和萬那杜所寫的《只剩下海可以相信》（南方家園，二〇二〇）。

詩作曾獲林榮三文學獎、優秀青年詩人獎、詩的蓓蕾獎、文化部青年創作補助、紅樓詩社出版贊助計畫。

詩觀

繞行間歇、昏暗、不規則（甚至不存在）的軌道，一首一首詩猶如浩瀚星體，遍布天輿各處，點點的閃耀只是表面，更多時候黯淡得像銀河的背面。

偶爾有一種聲音從耳旁輕輕掠過，我認識的人大概只有你能聽見。

薩摩亞潛行的黑色石龍子，萬那杜活火山的噴發，愛的眷顧與逝去，斑鳩佇立紅綠燈俯瞰蜃景，三樓的音響高跟鞋噪音，蘆竹五酒桶山的樹林被開發破壞……

詩評

陳少近年推出的詩集《只剩下海可以相信》，別具開創性與突破性的詩集，他以南太平洋島國薩摩亞、萬那杜以及周邊的大洋為場域，展開兼有抒情之纏綿與敘事之壯闊的海洋書寫，語言細膩多轉折，想像宏偉且遼敻，不僅寫出人與海洋之間相互依存的綿密關係，也寫出了與臺灣脣齒相依的南太平洋島國風情，一開臺灣現代海洋詩的新境界。

〈海的文學史〉就是一首語言細膩多轉折，想像宏偉且遼敻的海洋詩，陳少以海洋對照高山，太平洋的浩瀚和中央山脈的偉岸，凸顯了臺灣的地理獨特性，並由此帶出人們面對大洋的「比海還深的孤獨」以及對海的嚮往，深刻而生動；〈不想家的方式〉寫薩摩亞古都法萊法（Falefa）小島所見，〈黑色的雨〉則寫詩人登臨萬那杜的塔納島（Tanna Island）亞蘇爾火山（Mt. Yasur）沿途所思，連結一則殉情傳說，再現了大洋中南島語族的生活風情畫。

〈山羌的眼睛〉係陳少近作，針對新聞報導某知名餐廳菜單出現「三杯穿山甲、紅燒山羌肉」而寫。此詩詩想奇特，讓已被吞落腹中的山羌說話，以不慍不火的語調，警告饕客（人類）肆意破壞生態的後果，極具批判力道。（向陽）

阿布（一九八六——）

莫內

那時還是夏天
曾經我每次落筆
都產下一枚光的蛹
等待時間
孵化出色彩

而後冬日降臨
荷葉落盡
蝴蝶也紛紛離去
只剩一束微弱的光
照在掌心

最後
祂奪走了光
但我手中還有筆

只有我能清楚看到
那些枯萎的荷花
在我死後
都將在我的畫裡
大舉盛開

創世紀六十年詩獎作品

選自《Jamais vu似陌生感》（寶瓶，二〇一六）

貝多芬

我已經聽不到了，但感覺得到
昨天夜裡
雨打在玻璃上

一群透明而跳躍的附點
八分音符

窗外零碎的切分音
斷開夜的平均律
麻雀們告訴我
星星消失得比清晨更早
這些我都知道

如果此刻有低音大提琴會更好
第一道陽光就要穿透雲層
遠處
教堂的鐘聲即將敲響

所有的噪音都消失以後
才能聽到
神最壯闊的交響樂
只在失去聲音的耳朵裡

響起

創世紀六十年詩獎得獎作

選自詩集《Jamais vu似陌生感》（寶瓶，二〇一六）

天文學

預支了未來
所有發光的時刻
是因為相信
宇宙深處
有人夜夜守著天文臺
穿越一萬光年的黑暗
只為了在擁擠的夜空中
把我們
辨認出來

原載二〇一五年十月十一日《自由時報・副刊》

葬禮

死後的第一個早晨
陽光依舊前來
拜訪我們的窗臺

已經有人來過了
那些不及照料的盆栽
昨晚就被清理掉

愛我的人們
都參加了葬禮
哭過以後
把眼淚和我一起留下
領一條廉價的白色毛巾回家

選自《此時此地Here and Now》（寶瓶，二〇一八）

畢竟各自的生命裡
還有更多困境
來不及埋葬

死去反而是最輕鬆的
墓地、戶籍、遺產稅
如此等等
此後都與我無關
我只需要專心的死著

因為活著的人
已經替我決定了許多事
等到他們都離開以後
我與我的死
終於完全擁有彼此

像很久不曾有過的
一個長長的午睡

夢裡出現過的那艘船
航行了多年
在陽光的海域
終於靠岸

原載二〇一七年八月二十三日《聯合報・副刊》
選自《此時此地 Here and Now》（寶瓶，二〇一八）

永恆

——「日取其半
萬世不竭」莊子・天下

把一個瞬間
分成十等分
就有了十個瞬間
再繼續分解下去

最終就得到了永恆

永恆不在遠方
在此刻
在每個現在
在時間最小的碎片裡面
藏著無限的時間

例如往窗外看出去
此刻
夕陽正落向山的後方
晚霞已到最鮮豔處
將要退去
在黑夜以前
就可以是永恆
永恆裡有成排的電塔
有鳥停在路燈上
有公車駛過

有人慢慢的走
有草地
即將暗下來的草地
男孩快追到那顆足球
世界正被陰影覆蓋
但遠處還有雲朵
有樹
有光

選自《此時此地 Here and Now》（寶瓶，二〇一八）

詩人

阿布（一九八六—），生於臺中，國立東華大學華文所碩士，現為大學兼任講師。著有詩集《Déjà vu似曾相識》（遠景，二〇一二）、《Jamais vu似陌生感》（寶瓶，二〇一六）、《此時此地 Here and Now》（寶瓶，二〇一八）。詩作曾獲時報文學獎、年度優秀青年詩人獎、創世紀六十年詩獎、香港青年文學獎首獎等，入選《華文新詩百年選．臺灣卷》與多次年度詩選。

詩觀

生活中大部分的時候是不寫詩的。比較常回電子郵件，填表格，寫不知是否有人看的論文。為什麼要寫詩呢？為什麼要花好幾個晚上，把生活裡的話語摺疊再摺疊，謹慎地收進耳朵呢？那些話語像溪水流經山裡，一些字是石子碰巧留了下來，被水淘洗得更加圓潤。有人把它們撿起握在手心，那彷彿就是詩了。

詩評

阿布的詩意象準確，如〈莫內〉：「曾經我每次落筆／都產下一枚光的蛹／等待時間／孵化出色彩」；「那些枯萎的荷花／在我死後／都將在我的畫裡／大舉盛開」，短短幾筆即素描出莫內的畫風和人生遭遇。〈貝多芬〉亦令人驚喜：「所有的噪音都消失以後／才能聽到／神最壯闊的交響樂／只在失去聲音的耳朵裡／響起」。

他在抒情中往往給出悟境，並思考死亡之奧義，如〈葬禮〉：「死去反而是最輕鬆的／墓地、戶籍、遺產稅／如此等等／此後都與我無關／我只需要專心的死著」。雖然孔老夫子說過：「未知生，焉知死？」

我卻認為：未知死，焉知生？世人多不知每個人都會死，甚而幾千年來追求長生不死；不能正視死亡這件嚴肅的事，不能不說是生命的遺憾。阿布這首詩堪稱另類墓誌銘（epitaph）。墓誌銘是一種特殊的文體，中西方都有，卻差異很大。中國文學裡的墓誌銘比較接近散文；西方文學裡的墓誌銘偏向於詩體。

可見詠嘆光陰是阿布詩作的重要母題，如〈天文學〉：「預支了未來／所有發光的時刻」。而在〈永恆〉，好像自己回答了問題：「永恆不在遠方／在此刻／在每個現在／在時間最小的碎片裡面／藏著無限的時間」。（焦桐）

利文祺（一九八六——）

莉莉絲
——給整部猶太史

莉莉絲誕生
莉莉絲創造神話
莉莉絲成為守護神
莉莉絲眼睛裡有時間

莉莉絲對人類的溺愛
莉莉絲娶亞當為妻
莉莉絲讓他在結婚時逃跑
莉莉絲獨自跳探戈
在夜半一盞燈

他娶了夏娃
並且生養眾多
該隱亞伯諾亞方舟
莉莉絲寫一千遍你的名字
因為亞當我想你

莉莉絲在黑森林採集蘑菇
熟爛的番茄，番紅的夏天
莉莉絲將猶太史複誦一遍
她是漫遊的女巫莉莉絲
莉莉絲的翅膀像蝙蝠

親愛的莉莉絲
觀看水晶之夜的莉莉絲
一列火車開往集中營的莉莉絲
尋求疼痛的莉莉絲
還有美麗的女孩莉莉絲
但若你願意莉莉絲

莉莉絲，莉莉絲
我是守護你的莉莉絲

選自《文學騎士》（斑馬線文庫，二〇一七）

五隻狐狸在晚春的原野
——兼回Jane Hirshfield的狐狸詩

終於我們買了三株番茄幼苗
在回去的路途，在原野和森林的交界
那安全和富饒的陰影處
看見五隻狐狸在放風

一隻大的穩健邁步，佇立
瞇起眼睛看著遠方車流
那是母親，守護著身後
四隻剛出生的小狐狸
彼此追逐，蹦跳，打滾

我們驚嘆著這美妙的相遇
躲在車後，睜眼望著
生怕驚擾了牠們

我們觀察著
並想像番茄的旅行過程
從南美洲到了歐洲的田園
經過細心栽培，除蟲，收耕
輾轉到了廚房的角落說著各國馴化的語言
進入我們的口中，腹裡

而五隻狐狸將沒入甜美的森林睡去
踢翻月光的被褥
露出野生的肚臍

玻璃箱中的獵豹

——刻板行為：長時間，心神不定，重複的動作表現

我來回踱步
我搖頭。我理毛
我扭動脖子。我看天空
我乞求。我搖擺。我繞圈子
我看著人群發呆
我看著相機。我看見重生
我打水。我看見死亡
我跳上樹梢。我跳下樹梢
我看外面的世界。我看蟻蛭
我想知道他們的快樂中是否有我的快樂
我想知道我可以跳多高
我重複了一百萬次

我感覺無聊
一種往返於起點和終點的無盡迴旋

紅毛猩猩

「在紀錄片中，一群工人以推土機剷除雨林，此時橫倒的樹幹上有隻紅毛猩猩焦急移動身軀，揮動長手臂，似乎在阻擋推土機破壞牠的家。紅毛猩猩來回地走在倒下的巨木旁邊，出手擊打了推土機後，最後黯然離開。工人在雨中繼續作業。」

能不能，不要摧毀我的家
我的家和你的家沒什麼不同
能不能，不要種油脂和香膏的樹木
那不是我能想像，能求愛，能邋鞦韆的地方
能不能，暫停推土機和怪獸
不要伸進我心底最後的空地
能不能允許我擋在你的前面

允許我伸出雙手撫摸最後一片葉子
允許我躲在那層層疊疊的斷枝
允許我學會恐懼，允許我祈禱
允許夢

能不能讓巨木不再倒下
讓雨停，太陽出來
能不能讓時光重來
重新認識我離散的家人朋友
品嚐最後一次的鮮果，看甲蟲
最後再讓我飢餓，讓我哭
最後再讓我自生自滅，讓我死亡
在我的森林我的家我的地方

綠蠵龜

當世界發明了燭火

驅趕了黑夜，遠古的文明擴張
豎起宮殿，高樓，遊樂園
並佔領了這座灘頭

銀色浪花規律地拍打
就像生命去而復來
在這夏季，牠萬里洄游
來到記憶中的灘上產卵

之後牠們破殼而出
睜眼看見燦爛的天空
在這熙攘的海灘，牠們伸出
手腳展開第一次旅程

順著趨光的本能
爬向草叢，爬向港口，爬向大街
像無知的勇士身披鎧甲
躲避駛來的大車，人群的腳

牠們猜想有光的地方
必有神，必有海洋，必有家鄉
有在極地伸展雙翼的鯨魚
有水母和開花的珊瑚

牠們看見迷航的飛鳥
衝撞、踉蹌跌落，作息失調的路樹
在這場迷幻的舞會
海潮呼喚喚越來越細微

此處越來越危險
牠們以為大海就在最明亮的那端
在夜的盡頭緩慢前行
牠們的眼睛燃燒⋯⋯

原載二〇二一年七月七日《每天為你讀一首詩》

詩人

利文祺（一九八六—），生於屏東萬巒，後移居內埔。政治大學經濟系學士，愛丁堡大學比較文學碩士以及漢學碩士。目前就讀於蘇黎世大學漢學所博士班。目前為臉書「每天為你讀一首詩」編輯。

著有詩集《文學騎士》（斑馬線文庫，二〇一七）、《哲學騎士》（思行文化，二〇一三）、《划向天疆》（波詩米亞工作室，二〇〇九）。與黃岡、神神編有《同在一個屋簷下：同志詩選》。與Colin Bramwell參與哥倫比亞大學出版社的楊牧譯本《心之鷹》，亦英譯過零雨、孫維民、陳克華、陳雪等作家。

於二〇二〇年，獲得首屆創世紀現代詩獎。並於二〇一八年，與Bramwell並以楊牧翻譯贏得英國比較學會的John Dryden翻譯首獎。

詩觀

楊牧曾說過：「詩是堅持，不是妥協。」這句話或許就是詩的本質，詩可以內斂，可以激進，但不變的本質是對公理和正義的堅持，並不妥協。

詩評

利文祺是楊牧詩的重要譯者與詮釋者，創作力豐沛，但在國內紙本媒體發表的詩不多。我曾說新一代詩人頗多志向遠大者，他們視野的寬闊與思想的活力，令人印象深刻，赴歐留學的利文祺是代表。

利文祺此前出版的詩集頗多隱奧的構設，這回選的詩則皆清新生動更能帶給人同理同情的思索。

〈五隻狐狸在晚春的原野〉，表現人與植物、動物各得其所，番茄幼苗由人細心栽培，狐狸帶著初生的小狐狸睡在甜美的森林，詩人「驚嘆著這美妙的相遇」。我不知珍・希什菲爾德的狐狸詩如何，但覺這是利文祺構設的理想環境。

〈玻璃箱中的獵豹〉、〈紅毛猩猩〉、〈綠蠵龜〉，都是以詩探察自然環境的「環境詩」。被囚禁的獵豹只能重複刻板行為，詩以「我」發聲，注入了人性思索，在看見重生與看見死亡，跳上樹梢與跳下樹梢的徒勞空轉中，揭露生命的無盡迴旋。紅毛猩猩的求救心聲，也引人換位思考：人成了地球上的「推土機和怪獸」。以綠蠵龜為喻的「旅程」，則在反省文明的發展，人間莫非一場迷幻的舞會。

〈莉莉絲〉是收錄於《文學騎士》中的一首。莉莉絲是猶太文獻中亞當的第一個妻子，世上第一個女人，具反叛性，無視於神的權威。利文祺這詩與神話典故對話，賦予莉莉絲更自由的「性別」主體性。（陳義芝）

徐珮芬（一九八六——）

達蘭薩拉男孩

達蘭薩拉男孩
住在半山腰上
賣電子梵音舞曲
專輯，韓劇DVD
十片兩百盧比

達蘭薩拉男孩
隨身攜帶保溫杯
保不住犛牛奶的溫度
只好用來裝汽水

每個達蘭薩拉男孩

每晚都打電話回老家
每個老家都是片浩瀚的
草原，開滿了比人高的
花朵，失去牧者的羊群
夜裡做著
翻山越嶺的夢

走走，走走走
我們小手拉小手
走走，走走走
一同去郊遊
兩萬人民幣保證金
上繳，保不保證送達
沒有高山
症的天堂

穿雲撥霧裡看花
夢裡不知身是客

客途中
身分證弄丟，夢被扒走

一回首
鄉音無改鬢毛衰
老男孩
親吻懷裡
金髮碧眼的
文成公主，明天
就可以嫁去美國

達蘭薩拉先生
摟緊懷裡的孩子
搖搖迷你小經輪
在茫茫雲靄中
覆誦他真正的名字

第七屆林榮三文學獎新詩獎佳作作品

選自《還是要有傢俱才能活得不悲傷》（釀出版，二〇一五）

還是要有傢俱才能活得不悲傷

還是要有傢俱
才能活得不悲傷
還是要真正和誰
說過再見
才能變成完整的人
像停電的夜裡
走在碎玻璃上
那麼誠實
不卑
不亢

選自《還是要有傢俱才能活得不悲傷》（釀出版，二〇一五）

如果真有下輩子

我要用自己的下輩子
投胎成一隻美麗的鹿
在你駛車時衝上路肩
換得你誠懇的哀慟

我要用自己的下輩子
轉世成一隻嬌小的蝸牛
在雨後的馬路上
靜靜地被你踩碎
就可以住在你的鞋底
跟你到任何地方去

下輩子
我要變成一枚

印錯的字
錯降在一首
完美的情詩裡
讓你微微詫異
讓你認真思考
我存在的意義

選自《在黑洞中我看見自己的眼睛》（啟明出版，二〇一六）

假如生活欺騙了你

有時父母會欺騙你
說只要你快樂長大

有時童話會欺騙你
讓你以為這世界上
沒有永遠的醜小鴨

有時課本會欺騙你
讓你專程跑到河邊
看小魚逆流向上

有時總統會欺騙你
就像情人一樣
上了之前說的話
總是比較動聽

有些傷心的人會騙你
答應你要好好活下去
其實是要你答應
沒有他，你也要好好活下去

假如生活欺騙了你
你就騙回去
拿根菸，從容走上樓頂
讓他們以為你不過

想看看天空的雲

愛

曾有人在夜裡交換慾望
於是你來到這世上
他們撬開你的嘴巴
餵你祝福和期許
他們為你穿上衣服
好讓你看起來跟其他人
沒有兩樣

你的影子在他們看不見的地方抽長
你模仿他們的手勢和眼神
與魔鬼交易
當他們偷翻你的日記

選自《夜行性動物》（啟明出版，二〇一九）

丟掉你的藥
藏起你心愛的美工刀

他們說你對不起自己
你把自己鎖在他們給的房間
將他們流在你身上的血
慢慢放光
你知道他們永遠不會發現你已長大
就像那年聖誕節早上
他們把玩具放在枕頭旁
沒發現你裝睡

選自《夜行性動物》（啟明出版，二〇一九）

詩人

徐珮芬（一九八六—），高雄出生，花蓮人。清華大學外文系學士、清華大學臺灣文學研究所碩士。

著有詩集《還是要有傢俱才能活得不悲傷》（釀出版，二〇一五）、《在黑洞中我看見自己的眼睛》（啟明出版，二〇一六）、《我只擔心雨會不會一直下到明天早上》（啟明出版，二〇一七）、《夜行性動物》（啟明出版，二〇一九）。翻譯艾略特詩集《貓就是這樣》。

詩作曾獲自由時報林榮三文學獎、周夢蝶詩獎、清華大學月涵文學獎等。

詩觀

以最簡單直白的語言創造最大的詩意。

詩評

徐珮芬，二〇一五年出版第一本詩集《還是要有傢俱才能活得不悲傷》，此後幾乎以一年一本的速度出版了《在黑洞中我看見自己的眼睛》、《我只擔心雨會不會一直下到明天早上》和《夜行性動物》三本詩集，創作能量豐沛。她的詩，語言直白，不糾纏繁複的意象，擅長以簡潔俐落的字句、直抒厭世代對虛假社會的反叛、道德規範的逃離與對自我生活的堅持。

選入的〈還是要有傢俱才能活得不悲傷〉、〈如果真有下輩子〉、〈假如生活欺騙了你〉和〈愛〉四首，都是徐珮芬受到矚目的詩作。在這些詩作中，她直面生活中常見的虛情假意，用文字戳破善意或惡意的謊言，掀開生活與現實的假面，或委婉、或狂熱、或激情、或放肆地呈現真實的生命告白，讓讀者於震撼、驚愕之餘，重新省思生命的意義和課題。

〈達蘭薩拉男孩〉則展現了徐珮芬的另一種風貌和創作格局。這首詩曾獲自由時報林榮三文學獎新詩獎佳作，語言維持她慣常的簡潔風格，卻融入了豐富的內蘊、深刻的關懷。詩中寫的地點達蘭薩拉是位於印度山區圖博流亡政府的所在地，達蘭薩拉男孩是流亡於該地的藏人。這首詩看似輕描淡寫，卻以暗藏的現代物質生活和語言的改變，凸顯今日西藏宗教、文化和種族面臨的劫難。詩中鑲嵌兒歌的天真，更讓此詩的諷喻寓意力道萬鈞。（向陽）

蔣闊宇（一九八六——）

有歷史的人

早餐以後，立場剩一連串拒絕
當宇宙虛空裡迷失家的方向
沮喪的星星從流浪中墜落
放棄了永恆，成為石頭的堅定
在世人決意來到地球以前
燒焦的殞石該過怎樣的人生？

兀自坐起，刷牙，披衣出門
兀自穿越了大半個銀河
曾經乘著光線通往筆直的未來
現在我拒絕超越時間
像早餐前總有失望的一刻

決意拋棄不夠銳利的刀叉

除了劃開記憶上空的對流層
除了身體，洗淨並且擦乾
請深入地表高熱撞擊的洞口
濃煙裡另個宇宙正緩緩上昇
然後幻滅，我的思索
決意撞毀自我好讓世界保存

歷史是流淌在前人鮮血之內
在幻見燃燒的明亮森林中央
倒退著走向黑暗現實
拒絕飛翔的殞石有唯物的憂鬱
歷史淙淙流動，引渡一陣暈眩
一朵花倒著收起笑容
一陣雨倒著回到天堂

同樣是宇宙虛空裡趕著回家

燒焦的殞石把心事烤得通紅
遺忘是冷凍的方法之一
無知是圓謊的方法之一
當遙遠星雲暗示著生存欠缺
有人匆匆吃過早餐
有人收起餐具，發現立場不同

原載二〇一二年《風球六號》

好想把你的頭抓去撞牆

不要追問臼齒和石頭何者更加硬派
進食是必要的，但流血不是
不要為了遙遠星辰筆直的光線
輕易折斷自己的人生
更重要的，不要去思考，帶上腦袋出門
其正確用途
單純讓你看起來比別人更高

記著，不要承認你被訓練成另個平庸的人
攤開一張客觀中立的地圖
抹去所有路線的差異，這空白的方向感
倏忽走過上一個十年，我們成長的時代
沉淪的夕陽注視著這座島嶼最後的光輝
在愛人、海水與天空之間
你選擇了錢

曾有那個時刻，你隨月光爬上高聳的拒馬
警棍的雨點中，你搶下對方的盾牌
如果不能確實改變些甚麼
綻開肉身的痛楚，至少贖回暫時的良心
然而，這一切都失敗了，工作，戀愛
下班以後的動物性感傷
貫穿了腦袋中一片片空白
別再提及反抗，你背上的公寓這麼說著

別再同情他人，你年老的父母更要照顧
社會啊是你所裝配過最複雜的管線
從這頭進去，不一定從那頭出來
黑暗的通道裡你不停奔跑著，愧疚著
身後大逆光閃現平生的過錯
但沒有一個人從中向你走來

三十歲以前
拾荒者的手電筒把你投向城市的陰暗面
斑馬線上，等待出發的新鮮人
沒有想過可能世界裡跪著走的習俗
縱使你穿過街道像一隻邋遢的老鼠
金錢、食物與保險套
當你落下時把你接住

三十歲以後
你是同個模子裡混出來的磚塊
在牆的行列間假裝更為堅強

牆面上，舊相片晾著往年失敗的革命
而雞蛋碎在你的身上，一次又一次
洗不去的卵黃已全無痛楚
我的絕望，好想把你的頭抓去撞牆

選自《好想把你的頭抓去撞牆》（遠景，二〇一七）

我的一天只有二十四小時

在立法院，每六十秒，有一分鐘過去
每一分鐘，就有七天假過去
我的一天只有二十四小時
每換一個行政院長
我的一天，就會變得更長

下個月開始，做一個更有效率的人
我又得到三百個小時
除了用來加班，還有其他用途

譬如向老闆證明我有五萬的價值
譬如跟老闆說
那三百小時，我要出國去玩

縮短洗澡的時間，減少睡覺的時間
不再上網看一些沒意義的影片
很神奇，我的產值又提高了
我的一天只有二十四小時
可以用來證明自己值得加薪
或者回去
看看我年老的父母

三十歲以後，我比別人更害怕做夢
夢見一間公寓與一輛休旅車
夢見我不敢生的那個兒子
在午夜的搖籃裡哭泣
還有我不敢娶的那位新娘
說他想要個家，連他也想出國去玩

在臺灣，每三十秒，就有一個貿易協定
每一分鐘，就有七天假過去
每十一天，就有一人過勞死
每一個人，可以連續工作十二天
但每一個四年
只能得到一張選票

好了，別再抱怨了
如果你能更好地控制自己
一天就能有二十八個小時
如果你沒有
行政院長會幫你做到

入選《我現在沒有時間了：反勞基法修惡詩選》

大好時光

我看到你在夢裡哭泣，不止一次
用鋼釘似的理念捶打木石之心
雨點一般落定的苦楚
鑿穿了的空洞
並沒有什麼從中流淌出來

我看到你在夢裡活著，鎖上房門
把鑰匙擲向空無一人的明天
回憶裡大草原延伸向遙遠
身體是累得動不了了
內心裡的漂流者卻要前往何方

曾經描繪的美好人生幻滅的時候
截至目前的我都已經死了

腐爛的舊日情懷、來日的食糧
還存放在冰箱裡
那冷熱，同體溫總有一段落差

或許你並不知道，在夢境以外
歷史是舞臺上的木偶扯斷了線
試著主導自己的人生
你若站立成屍體
不如倒下的活人

或許你全都知道，活在夢裡的人
總會尋找下一個不實的夢
世界本是善於圓謊的魔王
房間裡渾噩度日的你
枕著槍桿，做起了敵人的夢

世界原本是太過溫柔的魔王
跟著它跳舞、原地旋轉的你

該怎樣找回生活的喜悅
第一次呼吸，第一次性愛
第一次立志做個有良心的人

第一次受傷，第一次喝酒
第一次指著敵人破口大罵
連回去的道路都遺忘了
而我不過是想當面問你
像這樣就可以了嗎
像一個虛偽的、有良心的人

原載二〇二〇年《創世紀》二〇五期

詩人

蔣闊宇（一九八六—），南投草屯人。曾服務於南亞電路板錦興廠企業工會、桃園市產業總工會等，任工會祕書。臺灣大學臺灣文學研究所碩士畢業，現為英國愛丁堡大學歷史學博士候選人。面朝海波浪，想念黃昏的故鄉。

著有詩集《好想把你的頭抓去撞牆》（遠景，二〇一七）、專書《全島總罷工：殖民地臺灣工運史》；與周聖凱合編《我現在沒有時間了：反勞基法修惡詩選》。

詩作較多發表於《創世紀》，曾獲自由時報林榮三文學獎、教育部文藝創作獎、臺大文學獎等；亦曾獲選入《二〇一八臺灣詩選》、《創世紀六十五年詩選》、《臺灣七年級新詩金典》等選集。

詩觀

對我而言，寫詩是對生存境況的觀察與反省，在摸索出路的同時，也創造出書寫者自身的知識框架，形塑了世界在眼中的面貌。世界本身之為不可窮盡的未知、真實本身之為荒涼，卻因為眼睛一次又一次的誤讀，而得以繼續走下去。在這逼視的、解釋的、創造的循環中，「現實」在腦海中逐漸成型，悲傷與困頓也因此轉化成活下去的力量。如同殖民地臺灣小說家楊逵所言：真實的寫實主義是不斷前進的道路。

詩評

蔣闊宇，一位獨特的詩人，即是學者又是工運人士。他的詩集《好想把你的頭抓去撞牆》是憤怒之詩，他的專書《全島總罷工：殖民地臺灣工運史》則是臺灣的工人血淚史，他和周聖凱合編的《我現在沒有時間了：反勞基法修惡詩選》在當代臺灣各類詩選中也特具鮮明的社會性。

他的詩因而顯得蒼茫而悲憤，既來自於他對臺灣工運史的知識掌握，也來自他在工會、工運和社運中的實踐與體驗。歷史知識和社會實踐成了他詩作的兩大骨幹，發而為詩，也就和他同世代的詩人有著截然不同的風格。

〈我的一天只有二十四小時〉以反諷的筆法，寫一位年輕上班族在資本主義社會中，面對生活壓力和公司產值要求，必須超時工作的無奈，以及對立法院無視工人處境的憤怒。「每十一天，就有一人過勞死／每一個人，可以連續工作十二天／但每一個四年／只能得到一張選票」，語句溫和，諷刺深沉。〈好想把你的頭抓去撞牆〉則寫工運中在警棍和盾牌前衛陣的工人的憤怒與絕望，映現二十一世紀臺灣社會資本主義化的真實。

〈有歷史的人〉和〈大好時光〉則更深沉地究問歷史真實和社會真實的弔詭議題，在企業和工會、國家和人民之間，「一朵花倒著收起笑容／一陣雨倒著回到天堂」，真實已被倒懸；在真理和謊言之間，「遺忘是冷凍的方法之一／無知是圓謊的方法之二」，最後只能成為一個「虛偽的、有良心的人」，又是何等悲傷的諷刺。這是真實的寫實主義之作，值得蔣闊宇在這條道路上繼續前進。（向陽）

趙文豪（一九八六——）

我的房間有時是海

我的房間有時是海，每天都在想像逃離的
景況在我的房間。我，在椅子上漂來盪去
盯著發光的螢幕，裡頭有一座海：漆成銀白色的
我的鬍子偷偷長了、白了、打結了……在潮濕的樓梯間失眠
在牆角、桌上、埋在抽屜的禮物盒裡——掛鐘、手錶，
和縮瑟角落的小花貓
都有不斷轉動的眼球。但從來沒有人曾告訴我：等待
應該維持著什麼樣的姿勢？保持一貫的微笑？儘管我
始終記得，我的，眼睛，我，乾涸的口音
儘管有時想到一些沒有關係的時代廣場、巴黎鐵塔和我們奔跑在中正紀念堂，那
裡曾經住著超級英雄？
（送貨員按了門鈴：我游不出去。從沒有人領取那個待領的情書）

我的房間裡面的情人，她的厚瀏海，是一張張的摺紙
我們的眼睛都盯著床沿盛開的蓮花，但是有天，我的
咖啡抖落地上，積成小水窪
我的房間從此全摔落進去。

二〇一三年

光影

於是你習慣了一個人
一個人微笑，一個人跳舞
最近還練習去走進人群中

但你仍害怕走回某些道路
充滿想像，尤其隨著景像倒退
默默被回憶吞沒
因為怕人問，所以用力歡笑

用如常的笑容粉飾波濤的心情
低著頭，快步往前
穿過一個又一個的隧道

默數著點亮黑暗的燈
在通往以前，抽出所有對於現實的無力
就像抽乾血液的軀體
攤平在道路上，
只凸出一塊心頭梗塞的結。
那裡逐漸成為山岩
養育出一座森林
逐漸擴張成一片天空，
穿出隧道：當風吹拂時
千百株白葦草擺動
西西蘇蘇。

於是你習慣了一個人

一個人走路，一個人爬山
不必太多言語的問候
只要一抹微笑。西西蘇蘇，
我們都懂就好

選自《灰澀集》（斑馬線文庫，二〇一九）

走進林葉窸窣的黑夜

走進林葉窸窣的黑夜裡
風一吹拂，讓我想起靜得
輕得就要睡去的車廂。
有人一臉倦容，有人安穩睡去
望向窗外，現實不曾後退
日子不斷進逼在軌道上

偶爾喘不過氣，偶爾忍氣吞聲
偶爾不小心驚醒的一頓首

就像灑落的風聲
爸媽睡得搖搖晃晃，
依然抱緊著寶貝；
有人把臉皺得像城外的海
讓我想起那年穿過
林葉窸窣的黑夜

明天還要多長
你也知道
有太多事，我們不能表現出來
只能壓抑成看似日常的風聲
內心已波瀾似海——
隨意捲起，就夠淹沒來生的路

你也知道，今天還剩多長
沒有力氣再去解釋接下來的路
把該有的季節
放置在對號的座位

順著時間，等著歸途
穿過像黑夜的時光
遠方投射而來

選自《灰澀集》（斑馬線文庫，二〇一九）

沙丘

又投宿在落滿陽光的去處：滾燙、金黃的沙丘。夢境才起身踩下就陷落進去。自腰際以上，他的：才是世界——以下是墳墓，我的。我們的。風雨。曾經興革理性邏輯的理想。雨勢席捲而來，天空因此擴張，你放心的睡去，徹夜複習一次的風景。日常的亮度。祕密遷徙的沙丘，世界站在局外，所謂愛，所謂被不斷擴大解釋而無感的語彙；想起在星座預報裡與自己相關的細節。你緩緩點了幾下頭，好像比誰都熟識（卻比誰都不敢輕舉妄動）；過日子，一陣鄙棄，卻還是目送他們離開。直到穿過街道的轉角處，在黑暗裡消失。

選自《通信新聞詩文集》（斑馬線文庫，二〇二一）

詩人

趙文豪（一九八六—），生於艋舺。在盛夏出生，畢業於銘傳大學應中系、國北教大語創系碩士班、臺師大臺文系博士。

著有詩集《通信新聞詩文集》（斑馬線文庫，二〇二二）、《灰澀集》（斑馬線文庫，二〇一九）、《遷居啟事》（斑馬線文庫，二〇一七）、《都ㄕˋ有鬼》（釀出版，二〇一四）及《寫作門診室》等書。曾任國北教大退詩社創社社長，曾獲二〇一五年全國優秀青年詩人獎、創世紀現代詩獎等，用跨域思考實踐在生活。

詩觀

喜歡詩，期許有天能活得剛好像詩也喜歡的樣子。

詩評

趙文豪的第一本詩集《都ㄕˋ有鬼》，以「鬼」為題材，串接「鬼」與「詩」的多種想像；其後陸續推出《遷居啟事》、《灰澀集》、《通信新聞詩文集》，題材多來自都市和生活，具故事性，喜歡以「詩劇場」的形式展現詩想。

〈我的房間有時是海〉是他的早期詩作，以豐饒的意象，寫愛情的等待與失落，小小的房間和廣闊的海形成意象和心境的拉扯，連盯著的螢幕也有過往的情誼，使得單方的等待更加難耐。詩末以「咖啡抖落地上，積成小水窪/我的房間從此全摔落進去。」作結，從「海」找到「小水窪」的意象凝縮，更讓整首詩的失落感更形巨大。〈光影〉則寫「一個人」獨處的孤獨心境，對照「養育出一座森林/逐漸擴張成一片天空，/穿出隧道」的開闊明亮，凸顯眼前所見千百株白葦草擺動的坦蕩自足，情與境相融。

〈走進林葉窸窣的黑夜〉是一首情韻綿長、寓意頗深的詩作，藉著車廂中旅客的諸多影像，暗喻人生旅途的各種可能，以及悲歡離合的宿命，只能把「該有的季節/放置在對號的座位」，「順著時間，等著歸途/穿過像黑夜的時光/遠方投射而來」，呈現出豁達的人生態度。

〈沙丘〉以散文詩的形式，寫出詩劇場一般展開的情節：首先是滾燙、金黃的沙丘，接著是起身踩下就陷落其中的夢境。第二幕出現腰際以上的「他」、以下是墳墓的「我」。然後是雨勢席捲而來，出現放心睡去的「你」，然後是「祕密遷徙的沙丘」……最後落幕於「目送他們離開」。整首詩以畫面隱喻愛情的陷入與失落，頗富創意。（向陽）

林益彰（一九八六——）

南國瀰濃（客語詩）

好轉了，瀰濃个字體
海脣擘開目精精个歸檔
當像山城自家著衫褲
花布仔个衫褲，莑濃溪印花
同面兜兜波浪个地泥耕讀
南片開基伯公碑个話語

瀰濃後生人，遽遽轉屋下
原鄉个版印喊挲來
頭擺月光山个目水還記得冇
思戀歌个腳跡現下幾多儕
該央時，煞猛盡命牯个筆力

盡像火焰蟲在暗摸胥疏
同黃蝶翠谷个揚蝶仔傳家
紅紅个活頁，紅紅个冊紙，紅紅
个魂魄行入酸藤个肩背
眼晶晶在暴芽打花
南島四縣腔拚命个年華

訊號還當係清楚，美濃湖模仔
恁久無看著，你兜食飽吂
東門樓撰寫个信息做得慢慢仔
慢慢仔轉來敬聖亭裡肚寫著
祖宗聲天晴防落雨个比喻

勞苦夜合花好好恬恬摎佢講
恁多年个舊案莫豁忒
跈等天弓圖个遮仔回音：南國
瀰濃終毋會壞機，一坵美濃名

奔跑吧，羅葉

奔跑吧，蘭陽路線的孩子
穿起筆墨的背心，自由之愛的編碼
緊握耐力訓練的韻腳
向翠綠平原的起跑線透喊
有片貝葉拎著歸返，蟬的發芽發出訊號
弓身的足印完美預備
候等龜山島鳴槍的語言—迸
你已是我的風景衝出去了

羅東林場說初速別太快
如似春雨落於冬山河的泰然經緯
依憑彩鷁起承轉合的錦繡
聆聽遺書序曲裡的音符
眼隨蔣渭水高舉講義的步調

后以噶瑪蘭原生的腳程，神獸般的節奏
鐫刻金六結被堅執銳的體能
恍若國小圖書館吟哦音樂樹的扉頁
巍峨深淺地揮動翻閱的臂膀
慢慢地向那片你我的風景鑄字
不輕易傾訴晚安的心肺

太平洋的汗滴沉沉地跑來
此刻斐然迷惘的湛藍
彷彿鄰旁北宜公路的敘事詞性
奔跑下去。書寫的引擎你只有不停地跑
這片風景已不再是心願的肱股
關於阿基里斯腱荏苒的鄉愁
持衡的段落深淺地孵化，右外野手情采的朝霞
綿延的堅韌終會擊碎光影的胸膛
銘記賽道如何逗號毅力的偏旁
馬拉松裡保持速率的辭彙

或許我們已不再是彼此的風景
經過狂人李榮春聲嘶力竭的助陣
再向蜜餞補給站致意擊掌
有人，站在頭城獎牌的終點線前
赤腳的貝葉、繆斯的跑者、硬漢的字體
臨摹彼岸幾米火車穿梭翠綠的編織
自由奔跑於湛藍的太平山，鷹揚虎躍的文曲
想像毫無勝敗的篇幅裁剪複沓的眼眸
若似石屋的老酒款款奔跑，長長短短的鯨豚章句

二〇二〇年羅葉文學年度特別獎作品

臺江囡仔（臺語詩）

東寧國的海風
又轉來島嶼的家鄉
行過鯤鯓的滄桑
捀起空色的浪

福爾摩沙矣，月來香

大員國的港喙
沓沓仔徙，沓沓仔行
吹過臺江的鹽光
暴穎草色的路
聽候划桸仔咧踅玲瑯

海翁城的舊夢
沓沓仔徙，沓沓仔行
追想曲已醉茫茫
梢聲的島南鄉
靜影熱戀的船帆揣無風

鹽水溪的風霜
徛佇初初的烏塗頂
扛厝走溪流的豪爽
恬恬摸出王城的水湧

福爾摩沙矣，海中路，風沙路

開元阿香（臺語詩）

臺南你貼底貼底佇佗位
敢有聽著阮的目屎飛向你

臺南你貼底貼底佇佗位
敢有聽著阮的目屎飛向你

茫渺的目屎滴落港墘邊
跟綴離別斷枝的鳳凰花
恬恬飛向無光的月暗暝

臺南你貼底貼底佇佗位
敢有聽著阮的目屎飛向你

選自《南國囡仔》（遠景，二〇二〇）

眼前的日頭賭有魂無體
坎坎坷坷的雨來天
阮是1个消瘦孤亡的星

臺南你貼底貼底佇佗位
敢有聽著阮的目屎飛向你

沿路攏揣無燒烙的言語
咱王城碎破的跤模手印
臺南臺南你貼底知影無
阮是你的查某囡仔
1个愛作夢的查某囡仔
阮是你的查某囡仔
1个碎糊糊的查某囡仔

臺南你貼底貼底佇佗位
敢有聽著阮的目屎飛向你

敢有聽著阮的目屎飛向你

原載二〇二一年《臺江臺語文學季刊》

詩人

林益彰（一九八六—），臺灣多故鄉之人。現為中藥服務販賣工會。臺南大學畢業，中正大學臺文所碩士畢業，臺師大臺文博士生。著有詩集《南國囝仔》（遠景，二〇二〇）、《石島你有封馬祖未接來電》（大南國生活工作室，二〇二一）。

詩觀

在語言譜系界定的範疇下，語種的辨異屬性及衍生變化，如何在語法計算中，架構語言的運作邏輯及言說的表述方式。臺灣係屬多語種的國家，深度探究新詩的語言操作，一直是筆者亟待整體釐清的課題，我並非要找尋語言的交互作用或是單純的混合交替，而是企盼能在各語言的共徵脈絡間，解密辭彙體系中的平衡系統。

詩評

林益彰，一位很難歸類的詩人，他是各大大小小學獎的得主，第一本詩集《南國囡仔》，乍看是臺語詩集，實則除了臺語之外，還有不少詩作以客語和華語寫作，可說是新世代中少數有能力跨越族群語言的詩人。

選入的詩作中，〈臺江囡仔〉是臺語詩，這首詩的語言純熟，以詠嘆調的語調，描繪「臺江內海」（今臺南市安南區）的歷史、人文和地誌。臺江內海是十七世紀臺南海岸周邊的潟湖，長約為數十公里，中有島嶼名為大員，從明鄭（東寧國）到荷蘭統治時期皆為立都之地，到了大清帝國統治時期，潟湖日漸淤積，目前已成市區。這首詩從「東寧國」、「大員國」、「海翁城」寫到鹽水溪，不只道出了臺南古都的滄桑，也寫出了「臺江囡仔」的土地之愛。〈開元阿香〉則以悲歌的哭調，悼念一位女性的亡故，同樣動人。客語詩〈南國瀰濃〉寫舊名「瀰濃」的美濃，透過客家風俗、山歌、生態、飲食和人文的點描，既寫客家文化的可貴，也寫美濃風情畫的迷人。

華語詩作〈奔跑吧，羅葉〉是追思出身宜蘭的詩人羅葉（一九六五—二〇一〇）的詩作，羅葉的創作以詩與小說為主，含有相當濃厚的本土關懷和社會批判，這首詩勾描羅葉生前參與地下刊物《自由之愛》的身影，帶進宜蘭的地景、日治時期同樣出身宜蘭的蔣渭水、戰後宜蘭小說家李榮春的創作，巧妙地將羅葉的文學書寫帶入宜蘭人追求民主的歷史傳統、宜蘭土地的秀美壯闊之中，詩的語言亮麗中蘊蓄柔情，音樂性甚強。（向陽）

游善鈞（一九八七——）

伐木者之心

成為伐木者的第一天
你帶著一本書
來到一座動物形狀的湖泊
選擇一塊植物氣味的石頭坐下
保溫瓶裡頭裝著牛奶
或者攙了牛奶的酒
你沒有想到
或者是一整頭牛
樹蔭動物一樣蔓延開來
雲朵與陽光寂靜一如植物
你沒有聽見遠方
傳來砍伐的聲響最初引導你

來到這座湖面震動的森林
一如你剛好讀到這一句
水裡的靈魂就要出來
湖泊真的走動起來
石頭開花結果甚至往你的
體內延伸出鬚根藤蔓
你的身體沒有發現
一如你自己的心
嵌在比果核更果核的內裡
碎裂時自有苦味
一如倒入湖水裡的牛奶與酒
或者一整頭牛
水面浮起一如真有靈魂就要出來
一如伐木者禁不住閱讀
卻捨不得傷害一棵樹

選自《水裡的靈魂就要出來》（時報，二〇二〇）

秋天的隧道

秋天是長長的隧道
以為牽著的人
原來是一隻駱駝

生活剛好是沙漠
一點點綠洲
一點點虛構
最好的剛好是目睹蜜蜂抽出體內那根骨頭

隧道是長長的夢
以為盪過的鞦韆和甩出去的溜溜球
原來是凝結在薄冰上的水滴

琥珀裡的昆蟲

看起來十分甜蜜
好像加熱以後
能夠在吐司上輕易抹開

食物吃完就沒有了
不要怪季節
不要怪夢
怪盡頭

地心

你形容我是
幸福的，我一直不知道
只覺得那隻鳥，離開
地面的剎那
便已然降落

選自《還可以活活看》（時報，二〇二二）

似乎空氣中
飄浮著一道河流
從爪子之間穿過
相信那裡曾經
存在一條魚，
並滲出更多水珠
說服所有即將乾枯的蕨類
蜷曲得更劇烈
直到所有，一切
吸捲入地心
歷經漫長的擠壓，而你
仍形容我
是幸福的，即使我的骨骼我的血肉
或者最應該柔軟的部位
是如此漆黑堅硬了
我形容。最終聲稱。
夾在河流兩岸的
蕨類皆徹底失蹤

任何肉眼看不見的
將變成極端堅硬的存在，我形容
似乎那條飽滿的魚
鳥的勾爪，漸次脫落的鱗片
地心叢叢的蕨類。持續
靜靜變黑
我感到我的骨骼
我的血肉以及最應該柔軟的部位
劇烈蜷曲，並且這般堅硬
再往地心推擠些微
你會形容我是有火光
有智慧的。

二〇一二年臺中文學獎貳獎作品

感覺那根針還在

這還是頭一遭
有人上門問自己為什麼和自己分手
我請他進來，換雙拖鞋並且脫下外套
像主人對待客人那樣
要他把這裡當作自己的家

他一度把這裡真的當作自己的家
我泡茶
他靠坐沙發，那張椅墊差一點點就要留下他屁股的形狀
我幹過的地方
他怎麼不跟這壺水一樣趕快滾開

他時常要我形容對他的愛：
我覺得你是癌，

多一點點就要命。
他不是很高興我提起他父親的死因
我以為他要的只有愛

伯爵茶、烤過的司康搭鮮奶油佐柑橘果醬
我想問他：
嘿！你有沒有喝出這杯熱茶裡
沒有添的一小滴蜂蜜
那就是我們之間需要的東西

他說我真的沒有想過我們會走到這一步
我多想打他的耳光
啪啪啪啪打到我們其中一人笑出來
我不好意思說曾經有一段時光
每天都希望他死在門外

我很壞
壞到不會出席他的喪禮

壞到想把全身脫光把自己的脖子吊起來近距離看他，的笑話
如果他上的是天堂
——雖然他一向是被上的那個

他用完下午茶
所有的食物都還在
大概是沒等到想聽的話
他起身去上廁所
我縮在沙發裡懷念那些很冷的笑話

他一直沒有出來
沒有。我敲門
然後再敲
我把嘴唇緊緊貼住光亮的木板告訴他
不可以在這裡住下來

他過了幾天才回來拿鞋子和外套
掉進馬桶前要我形容對自己的不愛

嘩啦——我沖水讓所有髒東西從人間流過
被蜂螫過的地方
感覺那根針還在

二〇二〇年第十六屆林榮三文學獎首獎作品
選自《還可以活活看》（時報，二〇二二）

詩人

游善鈞（一九八七—），生於雲林。瓦解詩社成員，國立臺北教育大學語文與創作學系碩士班畢業。

著有詩集《水裡的靈魂就要出來》（時報，二〇二〇）、《還可以活活看》（時報，二〇二二）。詩作曾獲周夢蝶詩獎、林榮三文學獎、鍾肇政文學獎、臺灣詩學詩獎等。

詩觀

擁抱情緒，詩會答應。

詩評

先是出版短篇推理小說《大吾小佳事件簿：送葬的影子》、長篇犯罪驚悚小說《隨機魔》、長篇科幻推理小說《神的載體》、《虛假滿月》。游善鈞的曾經，多少次靈魂的刺探，很可能滲入他詩中水裡的靈魂。但陳義芝看見他的詩的水晶質，清澈晶瑩，就像〈愛情〉這首小詩：「你在我心中留下／一個指揮，沒有留下／任何一樣樂器」。但是，樂器卻曾存在，樂聲更曾悠揚。

〈伐木者之心〉或許最能代表那種推理者的思路、驚悚的內心深處的不安，敘事之細膩一如親臨，就因為有這樣的現場感，雨過天青的和解：「伐木者禁不住閱讀／卻捨不得傷害一棵樹」，就有了更讓人動容的力勁。

〈感覺那根針還在〉則以相當理性的心思，分析自己和自己（曾經同心的兩個人，曾經同體的一個我），有如心理分析師在凝聽別人的心事，卻不時透露著主角的不安，或許就因為「被蜂螫過的地方，感覺那根針還在」，這樣的新感覺要比舊典故「芒刺在背」還真實。〈秋天的隧道〉、〈地心〉二詩，以遙遠而巨大的時空，繁複而多層次的事物，仍然在處理一根骨頭的存在。針、骨骼、骨頭的意象，甚至於〈伐木者之心〉的一棵樹，在游善鈞的詩中似乎都有某種集體象徵義的暗示在，如鯁之在喉，值得索探。（蕭蕭）

郭哲佑（一九八七——）

靜坐

許多蚊蚋飛過來了
我想說：現在溫度適宜
手裡有多餘的果實

且已經過了
許多下雨的夜晚
儲存了許多美麗的體溫
不是所有的夢都需要睡眠
有的人一生
只等待一次閃電

像我這樣的人

靜坐在此
灰雲上的天色漸漸明朗
第一道陽光的絲線有人傾聽
貼近他的身體，有樹在外
倚靠新的風向
綻放微小，記憶的殘缺

二〇〇八年教育部文藝創作獎特優作品

來歷

抵達時已是深夜了
深夜的小巷
屋舍狹仄地按住脈搏
彷彿再往前進
就是鋼索
黑暗中騰空的直線
劃分決然的兩邊

但你不用做出選擇
你是霧
從水火中來
你是明暗變換的陽臺上
一個抽菸的人
你是不斷穿越我身體的幽靈
幽靈也有擁抱，你是
地圖上蔓延的路和電線
你是那線
縫住了我的傷口

所以什麼都沒有跌落
今夜，抵達此地
黑暗的小巷
四周是無聲剝落的牆
而你是藤蔓
在關鍵的環節上

原載二〇一五年二月八日《自由時報・副刊》

靜靜開花

垂憐經

我的父親
曾告訴我世界
在這座鋼琴之中
它是我的母親。她發出音階
由低到高
觸摸著我的全部

她是木桌上
陸續熄滅的蠟燭
我的父親打開了窗
帶來了雨，告訴我一一撥開
是母親走過的小路

沿途的果實啊
掉落之前，不要忘了歌唱

歌唱那些從空中
四面而來的手
它曾使父親流血
讓經書中的火焰各自歸位
妳不掛念，我的母親
花朵與蟲豸都是我
妳被愛
就在我面前

原載二〇一五年十二月《野薑花》詩刊第十五期

初衷

我曾像一棵樹，擦拭你
為你浮現細細的紋理

我曾像一面鏡子，倒映著另一面
讓你在轉彎時稍稍遲疑
我曾經把身體放進你的衣服裡
看你走來，穿上我
為了一些更重要的什麼

但你知道
我也曾有過各種可能
像一面牆渴望傾塌
像一本書篩濾發生的故事
像一個門鈴，像一扇門
不只是為了打開。
像一道樓梯發出鋼琴的聲音
對你說，也對自己說：
「我們的愛還在場
　只是結束前，不能拍手……」

你知道那些雨

無論多麼高多麼曲折
終究會落下來，見你一面
就像你知道愛帶來傷害
然而你也知道
愛的初衷

選自《寫生》（木馬文化，二〇一八）

詩人

郭哲佑（一九八七—），生於臺北。臺大中文系碩士班畢業，紅樓詩社同仁，社群網頁「每天為你讀一首詩」小編之一。

著有詩集《間奏》（風球出版社，二〇〇九）、《寫生》（木馬文化，二〇一八），詩作入選《臺灣七年級新詩金典》、《生活的證據：國民新詩讀本》、《我現在沒有地址了：反勞基法修惡詩選》。

曾獲教育部文藝創作獎，《寫生》一書入圍臺灣文學獎金典獎。

詩觀

我追求的詩不是格言，不是腦筋急轉彎或電視笑話冠軍，也不是分行朵朵小語。我追求的詩，是情節，情境，脈絡，是褪去情緒後，彷彿存在的自我和宇宙。是互相侵略的世界，被拆散的人。是時間的慈悲，時間對我的拒絕。

詩評

郭哲佑的詩一如唐捐所說「淵雅而曼妙的風格，看似尋常最奇崛，禁得起細品慢讀」，總能在最平常的生活中寫出新的感覺。第一本詩集《間奏》收錄大學時期的詩作，青澀而有創意；出版於二〇一八年的詩集《寫生》則展現成熟的風姿，以人與世界的衝撞，寫出深刻的感悟和思考。

〈靜坐〉曾獲教育部文藝創作獎特優，詩以跳脫的筆法寫晚夜的沉思，甘受蚊蚋干擾，在雨夜中靜坐，長夜無眠，等待第一道陽光的過程，逐句而下，蘊義多折而豐富；〈來歷〉也是，而語言、情境更加迷人，深夜、小巷，剝落的牆，藤蔓與花，形成了一種蒼茫憂傷的語境，藉以凸顯詩中「你」與「我」是「線」與「傷口」的幽靈關係，語言內斂而情絲綿長。

〈垂憐經〉寫母子之情，先通過父親的話帶出母親對「我」的愛，再帶出父親對已經過世的母親的想念，最後收攏於「我」對母親的想念與愛。整首詩宛然微電影，以畫面和鏡頭呈現動人的劇情；〈初衷〉也以類似的場景鋪排，處理愛情的憂傷，各節分別呈現過去（「我曾像……」）、現在（「我們的愛還在場／只是結束前，不能拍手……」）與未來（「你知道那些雨／無論多麼高多麼曲折／終究會落下來」）的情境，處理得細膩而高明。（**向陽**）

吳緯婷（一九八七——）

夏至

並不是太需要知道你現在
置身何方
鳥雀鳴叫的堤岸
花草滋長的公園
或將身體安置在沙灘中
用一夜的時間
癱軟成綿延的浪花

我將心意交給你，從遙遠處
由一朵雲代領
它或者飄到你身邊，不曾留意的角落
或者流連於眼目邊界

那座隱含幽光的山
給你一點陰影
突然動心的清涼
或者下一場燥熱的驟雨
在柏油路上圍困你
以脫身不了的炎夏氣息

不用太需要知道
你現在在哪裡
因為知道思念
鎮日直射你
讓屬於你的境域
受光最多，陰影最短
火焰金的大地持續燃燒
將所有藏匿的情意
凝成透明的訊息：

我是這樣的夏季

來到你身邊
而你是整個熱帶的中心

二〇一五年國立臺灣文學館「愛詩網新詩創作獎」首獎作品
選自《一次性人生》（有鹿文化，二〇一九）

一次性人生

如果有一百種並行的現實
當你從天降臨
我會像蜂鳥，拍翅橫跨大海
從死亡的鹹味中
銜來花蜜
成為短暫交會的彗星

如果有一百種並行的現實
請在心裡荒凍的、烏鴉盤據的冰雪地

為我保留一席之地
摟住百合般的腰身起舞吧，偶然地——
如同獻祭，為你賭上了
所有醉後的時光

如果有一百種並行的現實，相約在
午夜歌劇院
在高處、陰影裡的壁虎將代替我
像雛鳥輕輕啼叫
在不該甦醒的時候，喚醒你
唯一懼怕的怪物

如果有一百種並行的現實，我們丟骰子
決定以桑塔格、塔可夫斯基、鮑許或德布西
像流動的漆，滲透我們的房舍
一起在白色大床上，翻開目錄
建立所有家具的邏輯
規定什麼時候適合裸體

但是扣緊安全帶的我們活著
一次性人生
從一個起點，抵達一個終點，誰都不能例外優惠
俐落撕去日曆，以熟練的表情告別
讓疼痛結成腹裡可喜的核
密實、輕巧、善於被人遺忘

當分離夠遠的時候
才允許它小小震盪，重新跳躍
恰如一個
未及言說的字

二〇一八年第六屆金車現代詩網路徵文獎特優作品
選自《一次性人生》（有鹿文化，二〇一九）

荔枝

純銀的耳環
掛在耳上，吊著、晃著
像秋日的秋千架

那人的眼睛
會被太陽的閃光所惑
先是抬頭
然後看到我

他會給我愛，對我灑下
像夏天的荔枝
一串串

我必須非常小心，處理那些荔枝

如同處理其他女人的名字
畢竟愛是
微量毒性的水晶丸

剔透、味甘、清甜
火山的顏色
離枝便枯萎

原載二〇一九年五月十三日《自由時報・副刊》
選自《一次性人生》（有鹿文化，二〇一九）

白

白的事物不是純潔，白是被弄髒的準備。
白不是白，白只是白的名字。
白願意給誰，他們就注定被弄成更模糊的樣子。
白不願意的時候，其他人就默默在心底慶祝。

白的婚禮——
被指定與光線聯姻，卻愛上有斑點的孩子。
白應該做他所有不應該做的事情。
白不懂悖論。白沒有可以比照的光譜。

白也想離開，有個性地前往憂鬱的熱帶。
但每當攜帶不屬於他的東西，總第一時間被發現。

白不避嫌，因為白君主專制，白本身就是特權。
白想到黑的時候——兩人皆欲言又止，
陷入是畸戀或是雙胞的困惑。
然後他們必須決定，這一次得開戰還是握手。

白不理解孤獨，只能盡情自私。
因為只要擁抱過一次——
白就不再是白，失去他唯一擁有的名字。

原載二〇二一年《幼獅文藝》四月號

選自《白T》（時報，二〇二一）

詩人

吳緯婷（一九八七—），生於宜蘭。歪仔歪詩社社員。師大國文系，倫敦大學Goldsmiths學院藝術行政與文化政策碩士。

著有詩集《白T》（時報，二〇二一）、《一次性人生》（有鹿文化，二〇一九），散文集《行路女子：記每個將永恆的瞬間》。

詩作入選二〇一八年、二〇一九年《臺灣詩選》。曾獲優秀青年詩人獎，教育部文藝創作獎，金車現代詩獎，文化部青年創作獎勵計畫，漂母杯文學獎，蘭陽青年文學獎……等。

詩觀

隱晦時刻、溫柔時刻、革命時刻、愛戀時刻、幻形時刻、降伏時刻、無我時刻、被光撫觸的時刻——成為真正的人，片刻之神。

詩評

吳緯婷是近幾年來頗受矚目的女詩人，寫作時間雖不長，但詩作屢獲各重要文學獎，二〇一九年出版第一本詩集《一次性人生》，即獲得陳芳明、許悔之、李進文等前行代詩人嘉許；其後續出第二本詩集《白T》，也備受和她同世代的詩人肯定。

吳緯婷的詩已經擁有屬於她自己的語言，也有來自美麗蘭陽土地的靈秀之氣，情韻悠長而意味無盡。〈一次性人生〉是她展開詩的旅行的代表作之一，這首詩寫熱烈而無悔的愛，「如果有一百種並行的現實」在詩中出現四次，都伴隨著最不現實的狂熱之情，也喻示終究是短暫的交會，一次性的開始與結束。這首詩感性和理性並存，短暫與永恆相伴，留有可堪咀嚼的想像空間。

〈荔枝〉和〈夏至〉也是寫愛情，〈荔枝〉先從「純銀的耳環」寫起，結束於「剔透、味甘、清甜／火山的顏色／離枝便枯萎」，由冷而熱到枯萎，通過輕巧的語言寫出了愛情的多變與易變；〈夏至〉更是熾烈，透過「思念」就可「鎮日直射你／讓屬於你的境域／受光最多，陰影最短」。以「夏至」節氣屬性寫如火般熾烈的熱情，相當具有巧思與創意。

〈白〉則是一首風格大不相同的佳構，起首句「白的事物不是純潔，白是被弄髒的準備。」就辛辣不凡。這首詩談的可能也是愛情的特性：只要擁抱過一次，「白就不再是白，失去他唯一擁有的名字」；處理的則是名與相、虛與實之間的互相浸染與互為裡外，具有深刻的寓意。（向陽）

鄒佑昇（一九八七——）

或許在晨跑時

像是月體時常面向太陽，我們入睡後
注視著閃爍的現實，卻無力
攫取火焰
夢境恆時將一切景觀替換為，夢的

它們仍在原處，磚道與長椅
長路上崩落的瀝青碎屑
站牌仍舊指著方向，同於昨夜
像信風帶裡不安的標語，鏽
切風的簧片。受難的樂器
終於懂得馴服沉默為它的音色
這是灰暗，這是晨光

扶疏的葉底此刻覆蔽著並蒂的花、果、事物的輪廓
那時我在簷下試著在身體裡製造一點熱
一點熱，像句低語悄悄穿過杯觥交錯的宴會
我一路跑去，仍然鄰近我的色彩
但胸腔裡有肺葉向四季的灰階收取滋養
枝椏掩映著連廳閒置的綿延窗臺

是你時常在陰影的階序裡周旋登降
像落葉揭開了熟諳的表面
天空恆久有耐心觀看你所涉足的高臺一一覆滅
與我的夢相反，我的夢棲停著物

什麼時候旋風裡伸展著的濃綠色願意將我席捲而去
因為注視在眼底銘印枝梢的每次顫抖
安靜，有時繁複足以取代自由

二〇一三年一月

原載二〇一三年五月二十日《聯合報・副刊》

大雪

講師沒有以有力的句子結束今天的課
或許說了太多笑話，模仿
太多動物
但我們已經一起大致看了些紛紛落下的碎屑
且在座位上數次轉著身體
觀察它們壘起勻稱的面
雪在窗外。我們在白色的大桌旁將書闔上
指尖感到前一事物長久的壓迫。
與講師道別。他站在自己寫下的詞彙旁
像壁龕裡的木偶。他等著將教室恢復原狀

正午。有許多半閉的門
在一枚大理石裡的昏暗。
我們輾轉前往食堂。

學生在落地窗前飲啄
像白雪庭園裡斂翅的瓷器：
結婚、買小東西、去顛倒季節的地方旅行。
在舉杯時將水變為酒，我們交談
但不隨句子攀向高處。只在這裡，這裡
吞嚥交替在我們身上中斷話語
有時靜默連接著別的靜默
我們便抬起頭張望

二〇一九年二月

原載二〇一九年五月六日《自由時報‧副刊》

計都

在燃燒的房間裡躺下，將頭部交給夢。
在燃燒的房間裡，有座大市場。
攤販調和糖水與冰塊。「啵」一聲戳開手搖杯。

拆開一包洋芋片。沒有人
知道不死藥的樣子，只是隨意吃喝。
像諸神鑽入午後金色的斑點，像人
在貨架間散步，覓食。
像諸神靜坐，消耗蠟與脂裡的黑暗。
一切都大方地展現給鏡頭後
燃燒的眼睛與非眼睛，它喜歡觀察
臉、食性、步態、傾向。據說得到不死藥的身體
堅固、輕盈，遠看像籠罩的霧或焚燒後的煙。
有時經由內視鏡送入一些光。有時送入一些熱
從上面或下面，前面或後面。飄飄然。
有時夢托起頭前往下一個夢境，像吹送一顆氣球。
而身體平躺。據說不死藥不會輕易
滑落喉部，所以像句子，留駐在誕生之處。而燃燒
是那恰當的詞，兼顧氧化程序的事實與修辭。燃燒的房間。
我喜歡句號，不下沉，多孔，如浮石。
我想在火山爆發後前往海濱，看新的浮石

回到岸上，回到海裡。回到房間，互相碰觸，在某處裂開。

二〇一九年三月

原載二〇一九年五月六日《自由時報・副刊》

潮汐

它回來時，你會感覺被碰觸
在你一向握著它的掌心
如此，是一個時刻
如果它終於在你緊握的手中貝裂
你得到時間

石頭、硬幣、祝賀用的碎紙、樂器的柄
回來，裂開。集會上
你受僱
將球一一拋入頭上的天空。

它們會落下，而你想接住它們
頭微微後仰，你偶爾
看見虛空。任一運算的背景。
你的主題是輾轉來到手上的球之遞增：
加一，加一，加一……
拋與接。你的主題
是一將要完竣的拱頂

之下，透明的擾攘的大廳
本身是一句話。口裡的話
都要在這話裡變為另一句話：
月亮，拘束，被提的液面。
我們，密封，甕。

上升：有人張開口，從自己的口出來
像蛇離開覆葉，進入更深的夜
進食，吃盡一切晃動的熱。

上升：有人已經進入死水裡能夠有的那個世界：
倒行的人，逆施，頻頻穿過我們幽靈的幼蟲

二〇一九年十月

原載二〇一九年十二月四日《自由時報‧副刊》

詩人

鄒佑昇（一九八七—），生於宜蘭，三歲後定居苗栗。臺灣大學中文系畢業，現就讀於慕尼黑大學佛教研究博士班。臺大現代詩社社員。二〇一四年自費出版習作集《大衍曆略釋》。二〇二一年於德國出版德語詩集《集合的掩體》（Yu-Sheng Tsou, *die sich vereinende deckung*. Nettetal: ELIF Verlag, 2021）。

詩觀

玻璃杯、咖啡壺、空瓶、筆身上的觀墨窗、石英塵埃：
重疊、取代、置入。房間裡所有移動的透明
仍未構成一枚透鏡。物的輪廓在無限遠處燃燒，
有時我置身其間。

詩評

鄒佑昇在德國攻讀博士，鑽研佛學，是一個在「意識界」、「思想體系」中悠遊的人。他的詩在臺灣少有人能詮釋，但他的德文詩集在德國竟「意外地」受到好評。他的詩不抒情，不在人情中抒發，而在他自行建構的天體中抒發，具有異質性、陌生性，自成風格，挑戰讀者的心智。〈或許在晨跑時〉以多重隱喻營造自我抽絲剝繭的觀省，「受難的樂器」上關崩落、不安，下連沉默、灰暗，即使說到「旋風……席捲」，「枝梢……顫抖」，你仍然感覺敘事語調的冷靜。

〈大雪〉比較可解。鄒佑昇描寫「急景凋年」的期末，學生在食堂有一搭沒一搭地聊著，言談有時中斷、有時接續，有時彼此都靜默下來，那時「我們便抬起頭張望」。人群中的情景往往如此，張望什麼呢？不只是張望食堂外的雪景，一個階段結束，每一個人都要邁向下一個階段，所以也是張望未來。題目「大雪」，指冬季的第三個節氣，大雪的日子一來，天氣就愈冷了。試想學生出了校園，人生的挑戰迎面而來，有人準備好了不怕寒冷，有人禦寒的衣物單薄，很可能會適應不了環境的嚴酷。這首詩可視為思索人生走向的詩。

〈計都〉，是古印度占星學上的名詞，指月球軌道與黃道的降交點。或說：「它具有擾亂內心的能力，因此能使我們更清楚的認識自我。」詩中的交點是夢嗎？燃燒和碰觸這兩個詞，能不能指引一條閱讀的路徑？

〈潮汐〉提示我們關照「握在手中的時間」、「拋在頭上的球」、「擾攘的大廳中的那一句話」。鄒佑昇的詩，可能誤讀，也無所謂誤讀，如有慧根。（陳義芝）

崎　雲（一九八八——）

記得所有記得又或者忘記

去而不復來，屬於你的那個等分
我確信有人坐著
在我的世界裡坐著
日光節約，心脈停止挪移

疏漏於林間
萬方春色鏽蝕於喃喃的口音
如果你記得回來，時年上山
你記得留下髮髻或者壓花的絲絹
你記得推窗，記得遲遲
記得悄聲的從我面前走過

記得所有記得又或者忘記
凡所有被雨幕籠罩的
終將消弭。雷聲再大
再也無法有所搏動
或是樹影，或是滿山的落櫻

選自《回來》（角立，二〇〇九）

轉身

「幻無定相，當何所轉？」《維摩詰經．觀眾生品》

——記永泰縣嵩口鎮古碼頭德星樓下清代〈奉憲永禁溺女碑〉

還能再往哪裡去
混濁的河水已多次
帶走了我
避開魚群哀憫的所在
回到黑暗的地方

去接近光明。靜靜地
聽水草戚戚
輕撓木質的舢舨
傳遞小而細碎的回音
暗和舛弱氣息
與防風林後的大寂靜
是誰落下淚來
是我父抑或我母
踩碎淺灘上的岩石
復又被遍地的碎石所螫傷
流出琥珀之蜜
與悔恨的啜泣聲，隨風
累世，徘徊在此
還給這些肉身
乾淨的靈魂。姐妹們
想傷口如河道已經裂得很長
很長，碑上文字
已漸漸蝕落於河灣

後來

我願將月光留給妳們
我願是最後一個
走出濃霧的人

我曾試著將悲傷
裝進木盒
使其擁有木質的溫暖

我也曾將愛
從木盒中細心的取出
順著曲折的紋理
畫出一株枯瘦的樹
我的祖先們曾定居在樹中

選自《無相》（斑馬線文庫，二〇一七）

堅毅的讓落葉堆滿枝幹
我們曾是樹的本身
後來才是取出和置入

選自《無相》（斑馬線文庫，二〇一七）

殘響

倘若我在一烏黯的室內獨自排演
光挪移處之輕塵有時是桌前的燈色有時是夕陽
齊來見證繁星的漂浮或正緩慢地墜落
受光所照而得色，虛空亦是活的
在呼息，使我盤坐時有湧升的氣流
自蒲團擦過衣褲，引遠處的蘆葦受風
於山徑上開闔夾道迎接深層的靜謐
真言誦畢之末字尾音尚未消逝前
將宇宙放大在整潔的牆壁

累世的爆炸所留下的灰燼與殘餘
是我的心理，推陳諸多若毛孔的坑洞
浮掠在眼，有新生與敗壞的念
任一室的震動自鼻腔開始演繹，四周
則有緩慢移動的陰影被雙眼攝下
落在肩上成永恆的戒尺擊肉身
提醒恆河沙數的分心常該歸於一處
一處若餘響漸無，無不聽入耳而眾聲
仍在廢棄的劇場排演一場無人的夢

選自《諸天的眼淚》（寶瓶，二〇二〇）

誰能來此回應我的卜問

誰且能從胸中抽出銀亮的時間之箭
將一生的精神凝結於珠玉的雙眼
使發散出去的目光圓潤且暖，識得自己之餘
亦能洞明生活裡隱匿奔行的邪魅之物

使祠堂的先靈願意列序其後，步伐輕巧
高舉翠綠的風旗從清早的田埕回到
土地公廟之前，溫柔地掃過
我斜斜而往村口處傾身的影子。誰且
能亦步亦趨地往更深遠的竹林走去
感受夜星所應和的螢火與風聲
推來木質的毬果，果上參差的鱗片
亦曾擊中我瘦弱、黝黑的肩

扛著電鑽，來到城市之中高聳的建物間
為大地之母鑿出一隻又一隻的眼睛
聽割稻機的聲音遙遙傳來且久久不斷
似祖輩的念念，遠赴他鄉的情人
為我繫在腳腕上的五色線已滿佈鹽晶
誰且能看見鹽晶上有初初滑落的汗水
在仲夏的柏油路上，開出的咸豐草
有晶瑩的露水滴在莖根的絨毛上
被聞見，被仔細地聆聽，被寬厚且

溫柔地注視著：酸澀的心事。誰且能
理解我與友人酬飲時的恣意與歡喜
豪飲入喉的貧窮與肩頸上的疾病
都像極了免洗杯中腥紅粗糙的檳榔渣

或紅色的筊。誰能來此回應我的卜問
童年印象裡那隻帶著傷疤的土狗是如何奔進
樹林裡隱密而潮濕的洞，眼眸靈澈
看竹槍射出的橡皮筋如流星般地閃逝
擦過扶疏的草葉，神祕的儀式，一種預言
使木石緩慢成形的紋理皆帶有回聲
喃喃時間的禱詞，療癒著傷口，療癒著
一路往大都市奔行的村民，出村
與回村時所割傷的每一條小徑。誰且
如我，已將要無法輕易地想起故鄉中溪河的脈絡自胸臆是如何
繞過王爺廟於村口設下的五營
與頸後的炙陽交換紋身，任光遁入膚裡躁動血液
襲夜為衣，呼吸時有草莽的意味

誰且能明白
我已盡力保守這樣的自己
而不為誰感到抱歉

選自《諸天的眼淚》（寶瓶，二〇二〇）

詩人

崎雲（一九八八—），本名吳俊霖，生於臺南，創世紀詩社同仁。畢業於臺南二中、銘傳大學應用中文系、新竹教育大學中國語文學系碩士，現負笈政治大學中文所博士班。

著有詩集《回來》（角立，二〇〇九）、《無相》（斑馬線文庫，二〇一七）、《諸天的眼淚》（寶瓶，二〇二〇）。另與林餘佐、趙文豪、謝予騰合著之詩論集《指認與召喚：詩人的另一個抽屜》。詩作曾入選《閱讀與寫作：當代詩文選讀》、《我現在沒有時間了：反勞基法修惡詩選》、《臺南青少年文本》。

曾獲優秀青年詩人獎、第三屆周夢蝶詩首獎、全球華文文學星雲獎、創世紀六十周年紀念詩獎、教育部文藝創作獎、X19全球華文詩獎、國藝會與文化部創作補助以及各地方文學獎等。

詩觀

詩是疑惑、好奇，是反抗與抵禦。

詩是一廣大卻負黑的禮堂、世界、宇宙、塌陷的黑洞、閉關的石室，其中四散著神祇踐履之跡。

詩是履過，詩是痕跡，詩是認識自我內在之精神與靈明的鏡，是行動、探勘，是行動之後的成果，一瞬之感應。

詩是自紛呈的象中，尋找與自我意念相應之物，乃至情意的附身。

詩亦是學習平衡的技藝，是虛空中不斷衍伸、變化之物。

詩評

二〇二〇年在許赫的號召下，崎雲與年齡相近的林餘佐、趙文豪、謝予騰，四位博士生合寫詩論集《指認與召喚：詩人的另一個抽屜》，根據寫序的唐捐觀察，他認為「崎雲以哲思精湛著稱，敏感於文字的虛幻性。」——「崎雲的詩論裡，總是為靈性安置了一個位置。」——以詩評論的取向，回望崎雲的詩作路向，《無相》與《諸天的眼淚》二集，竟有著「心到、手亦到」的聲響呼應。

尤其是《諸天的眼淚》，獲得第三屆周夢蝶詩首獎，是歷屆得獎作品中，少數能被視為周夢蝶詩美學的闡揚或延伸者。當年的詩獎評審委員陳義芝下了這樣的評語：「其可貴的表現在悲心通達，意象豐繁，隨手拈來皆能塑造富含啟發的象徵情境；思維靈動則如穿行於山徑的風，藉流轉的韻致引領讀者尋幽，獲悉整座大山的奧義。詩人若無思想不能求其深刻，若無才情不能求其創新，《諸天的眼淚》兼備二者，堪稱是一部向周夢蝶致敬的詩集。」

〈殘響〉與〈誰能來此回應我的卜問〉即選自《諸天的眼淚》，〈殘響〉寫靜坐時思緒的歛伏，視息的通達，最後連餘響也消失，眾聲也不過是無人的一場夢，從色的微塵浮動寫到聲的餘響漸無，空境呈現，值得細細體會。〈誰能來此回應我的卜問〉則將場景放大為一生的艱辛，且能洞明其情其境而無愧，雖有問天的悲辛，卻無古人的呼號之痛，胸中自有省悟乎？（蕭蕭）

張詩勤（一九八八——）

搬家

從
那間屋子搬到這間屋子
那個立場搬到這個立場
那個情人搬到這個情人
那種性傾向搬到這種性傾向
的時候
在原處遺留了一些傢俱

我不太記得它們的形狀
但記得曾在那裡幸福地睡上一覺
飽足地吃完一餐
洗過澡

頻繁地轉換電視機的頻道

臨走前
坐在冰涼的地板上
等候即將載走自己的卡車
想像下一個人如何在這裡
開始新生活

選自《出鬼》（黑眼睛文化，二〇一五）

除魅的家屋

「這世上，存在沒有鬼魂的房子嗎？」
就算堵住所有隙縫
流進來的氧氣還是太多

房間裡，接近報廢的熱水瓶
烹煮著「苟活」的電鍋

無分日夜的淡黃光線
撕開一絲裂縫伸出手
卻被窗外密集的鬼魂電到
遂緊閉窗門，確保此處的無垢

除霉的家務已屆完成
水龍頭湧出豐沛的安靜
只要洗，就能杜絕雜音

「這世上，存在沒有鬼魂的人類嗎？」
一定會窒息的
一定要窒息才能被活著

被活著與活著的分別是
被活著的結局甜蜜
活著的觀賞甜蜜結局

胸口裝設的門有鑰匙嗎
為了隱瞞其中的陰溼
故意忘記開鎖的方式

雙耳與雙眼作為傷口
必然要緊緊地關上
才得以痊癒

選自《除魅的家屋》（寶瓶，二〇一八）

我與我之間的柵欄

總是被他的建構所建構，總是
走進店裡第一眼就發現他的身影
他站在商品架前的樣子是漂浮在可樂上的冰
他的左邊是用右邊寫成的
他的不屑一顧促成我的苟活
我們坐擁的地形迴異

他的山路鋪在我眼前讓別人走
他喜歡的人像海報是我的暗影
他是我論述背後去除不了的浮水印
每當我傾聽自己
他是百般阻撓
形狀優美的雜訊

選自《除魅的家屋》（寶瓶，二〇一八）

我族下落

你住在世界的反面
我住在你的反面
吞下雙倍腦充血
脫下的衣服屍橫浴室地板
你的血是我難得可以用來描畫世界
卻並不正確

反面的衣服穿上去破綻立見
長久以來，就這樣穿著

就這樣活著，用你的肉修飾我的骨
用你的鼓敲打我的弦
用你的鹹調我的味
用你的胃裝我的饕餮
你的偽裝讓我的偽裝徹底失效

果然被以為正面
果然被說成為反而反果然我們
又被消音了即使如此我還是用了你
果然你的皮膚我難以捨棄

不長出自己，怎麼活下去
不長出自己地活下去反而安心
就算找出自己的血液那總是相同的結局
那終點站我寧可搭錯車到你那多彩之地

連想握個手
都靈體般穿透

那裡

永遠到不了那裡
那裡就會成為全部
輕易到了那裡
就永遠在密謀逃出

就衝出我
像是很多個關鍵的問句
被用了關鍵的答案餵食
冒出酸刺的芽
枝葉尖端站著

選自《除魅的家屋》（寶瓶，二〇一八）

你一定不理解我口中的那裡
像你也去過的那裡
結果根本是不同的那裡

對，走到同處
結果身處異地
誕生於同時
卻活在差異的鐘裡

卻總是在講著
什麼下一代的問題
總是在想著
死在我們這一代這裡

「死在這裡」像是我的絕望
也像你的決心
我指著彼方同時
看到你已經走過去

那裡瘋狂開放的繁花
兇猛得要吞噬你
你目送我的荒涼
臉上帶著傷人的同情

原載二〇二〇年十一月九日《自由時報・副刊》

詩人

張詩勤（一九八八—），生於臺北。畢業於臺灣師範大學國文學系、政治大學臺灣文學研究所碩士班。現為政治大學臺灣文學研究所博士候選人。

著有詩集《除魅的家屋》（寶瓶，二〇一八）、《出鬼》（黑眼睛文化，二〇一五），論著《臺灣日文新詩的誕生——以《臺灣日日新報》、《臺灣教育》為中心（一八九五—一九二六）》（花木蘭文化，二〇一六）。詩作入選《二〇一八臺灣詩選》、《同在一個屋簷下：同志詩選》、《沉舟記：消逝的字典》等。

詩作曾獲楊牧詩獎、葉紅女性詩獎、臺灣詩學創作獎、枋橋藝文獎等。論著曾獲新臺灣和平基金會臺灣研究碩博士論文獎、國立臺灣圖書館博碩士論文研究獎助、全國臺灣文學研究生學術論文研討會優秀論文獎等。

詩觀

○闡述詩觀這件事宛如打開屍棺、觀察屍體如何作為一個人類。過程中往往丟失最重要的活生生的情報。

●詩追求迂曲的真實，通往隱密的深處。詩組織化其他文類或工具難以組織化的情感與思想。

●詩是由語言文字編排出的特殊效果、被結構的有形之物。任何浪漫情懷或高深理念或美妙自然在以詩的形式表現出來前都不是詩。

●詩是擁抱也是抵抗，是分離也是融合。詩擁抱生活也抵抗生活。詩懷抱個人性與群眾分離，也依恃社會性與群眾合而為一。

詩評

張詩勤的詩出手不凡，第一本詩集《出鬼》以不為社會收編的「異常」思維入詩，映照人性的陰暗面，挖掘生活的「非正經」斷面，受到詩壇注目；其後續出版的詩集《除魅的家屋》，則是二〇一七年楊牧詩獎的得獎詩集，獲得評審們的強力推薦。焦桐稱許這部詩集：「以內斂的修辭手段自剖，血淋淋地凝視自我。整部詩集是收驚的過程，也是救贖的道路，堪稱二十一世紀的罪惡的花朵。」

〈搬家〉表面上寫搬家（從「那」搬到「這」）的過程與心情，深層卻是在寫人處在現實生活與複雜社會的空洞狀態。這首詩不以繁複的意象，而以邏輯語言呈現將搬家的「人」和將被搬走的「家俱」都只是暫時寄存於「屋子」的同質性，出以迂迴的語言，相當獨特且具思想性。〈除魅的家屋〉也是，這首詩以設問句「這世上，存在沒有鬼魂的房子嗎？」開啟一段除魅的過程，緊接著另一設問「這世上，存在沒有鬼魂的人類嗎？」則直搗核心，引出深植人心而不被面對的鬼魂之存在。

〈我與我之間的柵欄〉、〈我族下落〉、〈那裡〉等三首則以我與他、反面與正面、同處與異地的相互辯證，以既是語言的也是邏輯的語法，究問既有的常規常軌之正當性，反覆思辨，值得細讀。（**向陽**）

莊子軒（一九八八——）

吟遊詩人的鼓勵

「勇敢
撩撥琴弦吧
就像
逗弄獅虎的白鬚
……」

選自《霜禽》（唐山，二〇一五）

撫觸

你曾教我如何主宰
陰影

黑色盒子
收納遼闊墓園
要我伸手
練習閉眼摸索，撫觸
當恐懼凝結指尖
幾乎滲出乳汁

黑暗的箱子
不見五指
能否摸出碎骨、牙齒
或是
光滑石片上雕刻的文字
任何掌中之物
都能恢復一盤棋局

有限光源
讓陰影中的臉
輪廓更深刻

我願作謙卑的盲者
與你對弈
如同深夜召喚天使
啊天使
像嬰孩吸吮我顫抖手指
恐懼而泌出的乳汁

選自《霜禽》（唐山，二〇一五）

教科書

西元二一二七年，亞洲疫病流行，我八歲，被迫離開學校，居家自修。配置3D投影設備的大廳，人工智能軟體創造虛擬教學情境、娛樂空間，以及擬人學伴、授課員。爸爸構築了一座自足的劇場，讓我浸潤其中學習。

那年祖父常來避暑。有一回，這位老頑童談起他童年校園生活，掏出一冊滿是插畫的課本，叫《火影忍者》——那是人文領域非常普遍的補充教材：「自來也少年時在妙木山歷經艱苦修煉，習得通靈之術，某次旅店禦敵，眨眼間刺客便困縛於建築廊道四壁中，那是岩宿癩蝦蟆的食道！壁癌與鋼筋化為橫紋肌理和神經叢，如波浪蠕動！」

二〇一六年五月

無序

若是星星殞落
則口袋將滿盈，除了鑰匙
與鑰匙在鐵環中碰撞，還有其他

探看天空翻覆
若失落者是星星
大漠每一粒細砂都獲致高升的權柄
離開石碑裂痕離開遍地蹄印

若是黑夜離開我們的醒與眠
意欲飛翔者跳入淵谷以求樹根更深的派系

以求高懸之花，圓睜雙眼

直到沙子發光，在自身熱望中熔化
那麼一天，葉翼層疊灰滅
陌生人相逢不再談論星座。太陽
與太陽或其他，彼此追逐，撞擊，碾壓

二〇一九年七月

雪霰

無盡的喧噪起於枝梢
日輪運轉，復歸面龐另一側
一隻手撲動
至綠意褪盡的彼方

若我能自由數算，羽毛，年與月
肋骨纖細，更小的心臟輕輕搏擊

介入靜物的平衡勢態
旁枝搭建旁枝，能抽取徵象
成就霜凍破果

且踩上絆腳磚塊，無視石灰格線蹤橫
更升一階，落足暫停變異重組的魔方
前方有人嬉笑，彈珠滾動，單足跳躍

如此介入，也許折裂一臂枝幹，當眾鳥撲翅飛騰
雨絲，落葉，交錯於試探的掌心

斷木自由生根，在彼方，晶體解離的異境
我獲致日晷基準，啼鳴節奏，音頻，光影
萬象無人採擷，構造開局的數據

二〇二〇年六月

詩人

莊子軒（一九八八—），生於桃園濱海小鎮。臺北教育大學語文與創作學系碩士班畢業。

二〇〇九參加臺北詩歌節開幕朗誦，作品曾入選二〇一一、二〇一三、二〇一四年度詩選，二〇一五年出版第一本詩集《霜禽》（唐山）。

曾獲臺積電青年文學獎詩獎、夢花文學獎詩獎、金車現代詩網路徵文獎、林榮三文學獎。作品散見聯合副刊、自由副刊。

詩觀

詩明理，為了持存燭照之光，沒有眨眼的權利。書寫，睜著眼，有一天這書寫的動作也會被另一人記取，在另一雙眼中作為記錄者的我無非也在重複慣性的技術。這般想像，那人無非也就我自己，無限的自己站在自己身後，踩著雙肩如登階，達到莫須有的天頂，一種荒誕的神格視角：「直面向前，就看見自身背影，因為沒有回顧的餘裕。」

詩評

莊子軒初登詩壇時，以情慾表現性別意識的詩，最受矚目，其後他試探超現實，思考創作的奧義，也作古典互文的練習，詩路越走越寬。以他自省之深切，對自我要求之高，他會走出一條屬於他的詩路。

〈教科書〉以少年漫畫反諷傳統制式的材料，以人工智能軟體指向人類未來的學習，以通靈幻術翻新從「古」以來人類的夢，詩意充盈於敘事情境中。

〈吟遊詩人的鼓勵〉，題目訂得好，文本也精要，揭示創作的要義：要敢捋虎鬚，是一首一擊中的的小詩。

〈撫觸〉化心靈陰影為摸索的力量，化「生之恐懼」而為生之乳汁，從黑暗的箱中摸出任何物件在掌中都能成一盤棋，既謙卑對弈，又祈求天啟，看來也是一首論創作的詩。

〈雪霰〉以下雪時還未凝成雪花的雪粒子，比喻寫作之初，還在局面喧噪未定之時。人生閱歷也是如此，「數算」、「搏擊」、「搭建」、「抽取」，且不怕磚塊絆腳，「如此介入，也許折裂一臂枝幹……」，終於獲致日晷的基準。

〈無序〉是一首憂天的詩，天空翻覆，塵砂飛揚，日夜失序，「意欲飛翔者跳入淵谷」，「太陽／與太陽……撞擊，碾壓」。詩人深思人類的作為，警示毀滅的趨向。（陳義芝）

宋尚緯（一九八九——）

另一代人

我以為我理解自己
傷心的原因
像是踏過長河
有人在岸上看著我
什麼也不說
沒有話語
沒有故事
只有槍砲與彈藥
發出巨大的聲響
穿過我們
脆弱的靈魂

他們是這麼盤算的
讓痛苦更頻繁地造訪
試圖讓人屈服
承認暴力是可行的
有時我們會提出隱喻
譬如：他在生日那天開槍
殺死別人的孩子
後來你學會撒謊
將謀殺變成擦槍走火
這應該只是則隱喻
不該成為歷史
但它已是歷史

人們不該流淚嗎
人們不該為了
語言的侷限而傷心嗎
人們不該為了
故事的消失、結束，虛構

甚至是變造而痛苦嗎
人們不該為了
沒有其他結局的故事
而感到恐懼嗎
黑夜給了人們黑色的眼睛
不是為了讓人用來尋找
閃光彈、催淚彈
以及布袋彈的

我像站在岸上
又像站在河中，鞋都濕透
這條河好漫長
河上的人
彷彿都剛從夢中歸來
原本隱晦的陷阱
都逐漸清楚
岸上沒有風
火卻逐漸燎原

當暴力成為一種顯學
榮光都歸給彈藥
錯誤都推給別人
你們舉著槍
問人為什麼
不坐下和你們和談

註：黑夜給了人們黑色的眼睛原句為「黑夜給了我黑色的眼睛」來自顧城《一代人》。

我們沒有武器

我們沒有武器，站在廣場
握著拳頭，像孩子
高舉自己的手
試圖要回自己的語言
我們不知道，像你們這樣的人
有多害怕點起來的燈火

像你們這樣的人，逐一清點
所有被鎖上的櫥櫃
仔細盤點字句，檢視他們
是否被排拒在生命的底層

你們把自由從字典裡拔掉
自由就不存在了嗎
牆上寫滿民主，你看著那一片片
斑駁的牆面，曾呼喊過的口號
都還停在上面，沒有離去
然而我們就真的擁有了嗎
你們把燈火熄滅
我們就看不到了嗎
我們在這邊坐下，你們就失去了什麼嗎
我們在這裡看著你們
你們就真的這麼害怕嗎
你們架滿武器在我們之間

你們就這麼害怕，必須使用武器
面對人群，你們就
這麼擅長使用暴力來回應世界嗎
你們在書裡在環境
在教育中放上了枷鎖
你們就這麼害怕
我們擁有自己的思想嗎
你們就這麼堅決
認為自己是引導他人的先知
卻帶走一批一批的人
折斷他們的歌聲，抹滅他們的問句
你們就這麼害怕嗎

我們一直都沒有武器
面對你們。巨大的暴力。
你們知道暴力能使人噤聲
能令人沉默，像喧囂的火焰被熄滅
像你的靈魂原本能歌唱

卻再也唱不出歌一樣
你們在害怕什麼，害怕的是我們
我們沒有武器，沒有要傷害你們
卻一直被你們傷害
我們一直赤手空拳
卻被帶上鐐銬

枯樹

後來的我
說話的慾望少了
需要的水也少了
留在我身上的痕跡
卻越來越明顯了

以為都已經過去了
每日一般地睡

一般地醒
自己像是久經使用的器械
偶爾地超時運作

這樣其實也不錯
空無一物的日子裡
沒有什麼能再失去了
有些人預告離去
告訴我做好準備
然而離去的都從未來過

以為日子過得滿好
用他人的過錯填滿時間
就不用再處理自己
與世界之間也過得還行
偶爾故障
敲打一下也就好了
只是有時以為好了的事物

卻反覆地壞

想說的話越來越少
知道即使說了
多半也是無用的
像我看見葉脈開始枯萎
一株樹徹底老去時
也什麼話都沒有說

蟻群

蟻群爬過木的身軀
水在暗處湧出
你不曉得會在何處
遇見自己的死亡
眼前是熟悉的一切
包括那些

逐漸變得不認識的靜物

有些事物不停變動
音階的起伏
成為你的破綻
乾涸的河床還有一些
略為潮濕的泥土
土壤裡仍有萬物
一一面對死亡
或者為了誰能活下去
做出最後的努力

有些子彈刻意地避開你
他們盡可能地殘忍
盡可能地
使你面對最壞的結局
到處都有陽光的殘骸
到處都有

一股濕濘的霉味
鐵鏽爬滿你的身體
你要不死去
要不帶著鏽活著

蟻群爬過你
他們的目標在更遠的地方
你接納了群蟻
水勢洶湧
你仍在原地看著他們來去
他們在陽光正好時經過你
有些事變得不一樣了
有些事其實還是一樣的

詩人

宋尚緯（一九八九—），創世紀詩社同仁，東華大學華文所碩士。
著有詩集《輪迴手札》（逗點文創，二〇一二）、《共生》（啟明出版，二〇一六）、

《鎮痛》（啟明出版，二〇一六）、《比海還深的地方》（啟明出版，二〇一七）、《好人》（啟明出版，二〇一八）、《無蜜的蜂群》（啟明出版，二〇二〇），散文集《孤島通信》等。曾獲臺積電文學獎、中興湖文學獎、楊牧文學獎等，作品曾入選於臺灣年度詩選。

詩觀

文學是溝通的媒介，在合適的位置放合適的字。

詩評

我們都是孤獨的刀子
如果不繼續傷害些甚麼的話
就無法再活下去了吧

——宋尚緯：〈我們都是孤獨的刀子〉

宋尚緯寫作勤而速度快，自二〇一一年發行《輪迴手札》以來，十年間已出版六冊詩集，首部詩集謙稱為《輪迴手札》，嚴忠政稱之為「結了痂的禱詞」，這句話就像論文的首段概論，大約指引了認識宋尚緯的方向。其次的《共生》、《鎮痛》，同時認知自己的痛苦、他者的痛苦，但還在舔舐傷口的階段；《比海還深的地方》則已走出自己，體認到大我、眾生的生存；

《好人》，則是善惡的多面審查與思索。最新詩集《無蜜的蜂群》，面向大眾，以痛感直指現代社會處境之難，當然開始尋思解脫之道。

李屏瑤在宋尚緯出版詩集《共生》、《鎮痛》後，所做的訪問記〈以詩撫平心中的地獄〉，有這樣的一段話：「寫詩於他是一種處理狀況的過程，不管源頭是憤怒、悲傷或激動，都會在他的心靈活動中慢慢蒸餾，除去雜質，得到純淨的字句。長期被欺負，於是更瞭解傷痛的成分，知道該如何輕輕撫慰。他心中有個預設的受創對象要溝通，可能是已經離開的人、遇過的朋友，不只是一個人，是個群體，是概念的受眾，他以詩普渡眾生。」寫詩就是療癒的過程，療癒自己也療癒了眾生，甚至於擴及到〈蟻群〉、〈枯樹〉也在他要療癒的行列裡。（蕭蕭）

林禹瑄（一九八九——）

那些我們名之為島的

整個下午只剩我們並肩
蹲在這裡，吃同一顆梨
讀同一首十行的詩但沒人開口
你將果皮削成了時間，盤在腳邊很薄
很小心一如你的呼吸

和我們的房間：
窗臺是行李，鐘擺是鞋而抽屜
是所有寫了一半的日記
我們的筆都太愛遠行，
太愛索居太愛遷徙並且
因此世襲了我們的驕傲與愁緒

此刻日光側躺在你的鼻尖
不跳不動，像寂寞太久的花豹
像我們，淺笑，窮於表情以及辭令
——你知道，我們正默默懷想、
餞行的，是哪一盞尚未亮起的燈嗎

「冬日永遠不及融化因而
我們的影子，總是嫌冷」
那方背光的桌腳，你如是寫下。
而你是否記得，我們總是輕易地
用詩句引喻失義了自己？

其實我不懂，關於所有已然
混淆失序的季節
如何退卻如一屏憂鬱的浪
遠遠地，縫圍我們如同對待
一座空城或是一顆

我們養在鼻梁正中的痘子
敏感且怕生

（你知道，整列下午啃噬到底也不過是
一枚不發芽的梨核端坐
在我們的鼻尖）

正當風持續迴行所有經緯，
像光，輕輕擦過我們背上
安好蜷曲的恐懼但無人知悉
我們還蹲在這裡，還嚼著
一顆微甜而澀的梨漸次
索然如一首十行的詩
我只能看你，看我們在彼此的眼裡只剩
一粒沙的影長，刺痛
我們小心蹲好的淚都無鹽，而不反光

原載二〇〇七年《聯合報・副刊》

選自《那些我們名之為島的》（角立，二〇〇九）

牆外

——於柏林圍牆倒塌二十週年

他們說：所有真理都曾是
太過堅實的謊言
還記得嗎，那道牆
穿過三座森林、十條河流
和五百個荒蕪的陽臺
將嘆息與陰影分開
把光和自由圈養起來
像海困住一座島的氣候
而我們在比較乾燥這端
出生、行走、練習撐傘

偶爾眺望彼岸，那道牆
起初是鐵絲網，後來是磚

彷彿我們的習性、生活
在小小的門窗之間
被刀叉和鞋襪建造起來
一道環狀的牆，讓世界對我們
始終置身於外——
眾聲喧嘩，我們的沉默浮貼於壁
如此狹窄，和影子一起
在日升日落裡漸次透明、稀薄

那道牆，你是否記得
曾經我們鑿開細縫，竊聽雷鳴
或者窺視一場暴雨
曾經我們祈禱陽光都熄滅，我們的
願望都擅於躲藏和跳躍
我們游泳、跳樓、挖掘地道
在每晚的夢境之間
閃避一顆子彈
如同閃避一個早晨

以及所有曾試圖逃離的餐桌和窗口
「最好倒下。」他們有了新的說法
關於愛和信仰
或這道牆，被塗鴉割據
被酒精淹沒，搗成碎片
再收編進歷史的玻璃櫃
僅僅一個黑夜，他們說
他們拆除了所有昨天
並為此創建了眾多節慶與花園
而我們仍舊逐日醒來，逐日
被困在一個個太美麗的明天

「人們需要一些可見的、
真實可觸的……」他們解釋，他們狂歡
我懂，所謂時間的梗概，紀念
一些可供觀光的情節所謂謊言
悲傷、歡快、憤懣、愉悅……

二十年了，我們的孤獨
還端坐在牆的裡面，沉默、固執
反覆練習撐太堅實的傘
然後明白：世界並不會因為一場暴雨
而安靜下來

二〇〇九年第十三屆臺大文學獎作品

對坐

那時我們尚有一些孤寂。
陽光尚未離席，影子尚未
變得明朗，暴雨尚在遠方
一些情緒慢慢乾燥、
堅硬，一些傷口慢慢痊癒
時間輕摳著痂，還沒習慣保持緘默
彷彿我們對坐兩岸，聽見生活
發出龜裂的聲響，輕輕

成為片段：鑰匙與罐頭、
電視與窗、窗臺、盆栽
及其葉脈，葉脈上密密蔓長的憂傷
那時我們仍保有各自的疾病
和一些隱喻，保有幾行對白
談論天氣與愛情、晚餐與饑荒
尚未顯得拘謹
而漫不經心——讓寫定的被朗誦
如開始一趟計畫過久的旅行
發生所該發生，誤解
所該誤解，讓所有地圖相疊
倒置我們合理迷途其間
然後發問：如何只擁有一個指南針
如何辨別來向，如何相望
而明白間隙之必需？
那時我們還能期待一些問題的來由
譬如生活的河流漫湧
世界分作兩堤，我們對坐

逐日擺渡小小的死亡和夢
那時屋簷對坐屋簷，窗對坐窗
沒有暴雨穿行而過，一雙眼睛
看見了彼此，始終沒有擁抱

二〇一一年第三十四屆時報文學獎作品
原載二〇一一年《中國時報・副刊》

春天不在春天街

「那叢盛開的絡石必然
不屬於你。」黃昏，一個哀傷的女人
穿一件亮色花裙
在我空蕩的門廊裡
重複大喊一個祕密
她老了，聲音脆弱、堅定
像極我多難

而多疑的母親

那是五月，終日大雨
報上時有自殺的消息
她愛我，削短我的頭髮
把刀埋進花盆
撕去所有尖銳的書頁
「生活應該柔軟、無害。」
她說。為此我不再生火
不再煮食、點菸
要慾望醜的更醜，瘦的更瘦
要世界漆黑
吞沒我
如咽下一隻鏽壞的釘子

她愛我
為我做遍駭人的夢
當夢裡的雨水割傷眼睛

把自己摺到床底，低低地哭

那是五月，在春天街
人們套上最好的鞋，日日夜夜
向遠方奔走。那時絡石剛剛
長出鋒利的螺旋，戰爭剛剛開始點名
我住在母親一生漫長漫長的傷口裡
無法開口，無法不感到疼痛

原載二〇一八年《野薑花詩刊》

然後你到了這裡

然後你到了那裡
執意把路走遠，把風景走散
折好所有手指的關節
像牢牢抓緊一個目的
你還有不知疲倦的頭髮

和朦朧的嗓音
著迷於搬弄深奧的詞彙譬如
希望和失望，哪裡和那裡

我停在這裡，頭髮落了一地
一再錯聽明日的天氣
將自己站成你愛過的那把扇子
一面是鳥，另一面是鳥籠
只是再也不敢轉動
你說：橡樹林、火堆、海岸線。
我以為你說的是：
軟木塞、煙圈、流沙牆。
你以為你說的是：
黑洞、迴旋舞、無錨船。
然後你到了這裡。

原載二〇二一年《聯合報・副刊》

詩人

林禹瑄（一九八九—），生於桃園，長於臺南。布魯塞爾自由大學傳播碩士畢業。

著有詩集《那些我們名之為島的》（角立，二〇〇九）、《夜光拼圖》（寶瓶，二〇一三）。作品曾收入《二〇一八臺灣詩選》、《創世紀六十年詩選》、《二〇一五臺灣詩選》、《二〇一四臺灣詩選》、《二〇一三臺灣詩選》、《臺灣七年級新詩金典》、《現代女詩人選集》、《二〇〇九臺灣詩選》等。

詩作曾獲時報文學獎、宗教文學獎、臺積電青年文學獎、臺大文學獎、葉紅女性詩獎、全國學生文學獎、x19全球華文詩獎等。

詩觀

更年輕一點的時候，以為寫詩是煉金，在紙上扔進生活的各式雜質，勤勤懇懇熬出耀眼純粹的字。人生希望和失望的循環歷經幾次之後，才發現寫詩其實是沿路撿石，走過高高低低的風景，有時突有所獲，有時就只是途經。各人有其走路的姿態，翻揀各自的收藏，我只是剛好寫詩。

詩評

林禹瑄是早慧的，無疑也是早熟的。才十七歲就以〈那些我們名之為島的〉一詩獲得臺積電文學獎詩組首獎，「果皮削成了時間，盤在腳邊很薄／很小心一如你的呼吸」、「窗臺是行李，鐘擺是鞋而抽屜／是所有寫了一半的日記」，可怖的成熟、跳躍自如的語彙和想像成為她詩的強項。然而她不安於此，一如她不安於當個牙醫，她四方遊走，到處尋找自己的影子，夜光下拼貼、揣摩更真實的自我，她冷靜看待詩和人生、親情和愛情，像認真看待一顆疼痛的牙，拔與不拔，常常兩難。

〈那些我們名之為島的〉的島因此也可以是人生、親情、愛情和疼痛的牙，再怎樣認真看待，皆是不可控的，常出人意表的，又很輕易地「引喻失義了自己」，讓自己入了迷宮，看不清真相，直到時間和詩拯救了自己，這首詩也成了林禹瑄後來詩作的基調。如此，〈牆外——於柏林倒塌二十週年〉說的就不只柏林了，人與人皆有一道或高或矮或長或短的圍牆，「我們游泳、跳樓、挖掘地道／在每晚的夢境之間／閃避一顆子彈／如同閃避一個早晨」而無可如何，「我們的孤獨／還端坐在牆的裡面，沉默、固執」，牆竟也如同一顆疼痛的牙了。〈對坐〉「看見了彼此，始終沒有擁抱」處境亦相似。〈春天不在春天街〉如基因的宿命，「我住在母親一生漫長漫長的傷口裡／無法開口，無法不感到疼痛」，這是不可控的極致，像是拔不出的痛，成了最深的內傷。〈然後你到了這裡〉展現了人與人間關係不平衡產生溝通的困局，「一再錯聽明日的天氣／將自己站成你愛過的那把扇子／一面是鳥，另一面是鳥籠」。林禹瑄透過她的詩傳達了生命追索的困境，逃逸與囚禁、自由與束縛同時在兩手，連詩也愛莫能助，卻又常是唯一的救贖。（白靈）

煮雪的人（一九九一——）

沒有雨的人

沒有雨的人
出生自多雨的島
他的出現
卻始終伴隨晴朗無雲

沒有雨的人
受邀至世界各地的節慶
擔任國際賽事的開球嘉賓
當地民眾總是追隨他
有人基於崇拜
有人只是想
出門曬衣服

我撐著傘
路面卻乾燥如末日
沒有雨的人獨自站在橋上
凝視著遠方的烏雲

雨是什麼，他問我
雨是惱人的天氣，我回答
雨是萬物的起源
他面朝河流說：
而我是沒有起源的人

原載二〇一六年《衛生紙+30：愛的兩國論》
選自《掙扎的貝類》（有鹿文化，二〇一九）

沒有沒有的雜貨店

沒有沒有的雜貨店
僅限二月二十九日營業
所有你我認識
所有能夠想像的物
陳列於萬花筒般的貨架
「這裡是否什麼都有？」
我問雜貨店老闆

這裡並非什麼都有
老闆說
「而是絕對沒有沒有。」
你只能問我：是否沒有咖啡
而我會將這杯咖啡交給你
回答你：

這裡沒有沒有

雜貨店深處如眾多巨蜥的胃袋
潮溼且永無止境
我始終沒有遇見其他顧客
回到入口詢問老闆：
既然這裡沒有沒有
我又如何能親口說出沒有？

老闆捻熄香菸
從我的手中取走空杯
「這裡沒有沒有。」
唯獨擁有的
也是沒有

原載二〇一六年《好燙詩刊：be動詞》
選自《掙扎的貝類》（有鹿文化，二〇一九）

爆米花容器工廠

深夜仍在運作的
爆米花容器工廠
身穿制服的廠長與工人
齊聲複誦來自遊樂園的訂單：
「塑膠材質，吉祥物造型。」
「五千份，今日清晨交貨。」

偽裝成爆米花容器
是否就能被送往樂園？
我滿心期待地蹲上輸送帶
偕同眼神渙散的塑膠吉祥物們
以空虛的姿態前進

深夜仍在運作的

爆米花容器工廠
容器們逐一消失在
有光的輸送帶盡頭
光的背後就是樂園嗎？
光的背後就是樂園吧？
可惜只是貨車的車廂
（至少是輛開往遊樂園的貨車）
（我安慰自己）

深夜仍未停歇的
雨
有吉祥物塗鴉的貨車
沿著海濱開往樂園
結局是爆米花容器與車
一同滑進了海裡
（我奮力拍動海水）
（嘗試將吉祥物們送回陸地）

身穿制服的廠長與工人
站在岸邊齊聲複誦：
「損失貨物五十箱，」
「貨車一輛，」
「司機一人。」
（但是疑似還有另一人）
（掙扎在海裡）

對於在海中沉浮的遊樂園吉祥物們
對於那些沒能完成任務的爆米花容器
我感到惋惜
接著想到自己也是沒能完成
名為生存的任務
終於安心地沒溺

原載二〇一九年《聯合文學》雜誌四一九期
選自《掙扎的貝類》（有鹿文化，二〇一九）

一體感

便利商店的窗戶反射出
週日下午三點的陽光
我看著車站後方的水泥建物
看著閒置草地旁空蕩的停車場
產生了自己總算也屬於這裡的
一體感

然而當我體會到這件事
代表我終究要離去
離去你的身邊
離去這個令我溫暖、愉悅、安心的國度
因為我必須前進

二〇二一年寫作於日本東京

我獨坐在麵店

我獨坐在
朝向大街的麵店
回想起開幕前幾年
那些乾淨整齊的桌椅
回想起那些一同前來的人們
那些味道的變化

（老闆說先前為了配合觀光客）
（改變了配方）

桌上的辣椒醬與牙籤
彷彿比麵店更為古老
它們持續削減與重生
我卻無法指出

那些逝去的時間

隔壁桌來了幾位學生
「聽說這裡的牛肉麵很好吃。」
「聽說餛飩麵也不錯。」
他們看著菜單說

我望向窗外
新開幕的甜點店正在排隊
此時天空無雲
與昨日共謀風和日麗

原載二〇二一年八月十七日《聯合報・副刊》

詩人

煮雪的人（一九九一—），生於臺北。日本法政大學文學碩士。二〇一一年創辦《好燙詩刊》並擔任主編。

著有詩集《小說詩集》（煮鳥文明，二〇一二）、《掙扎的貝類》（有鹿文化，二〇一九），入選或合著有《衛生紙詩選：多帶一捲衛生紙》、《臺北詩歌節詩選》、《三本恕不拆售》、《沉舟記：消逝的字典》等。

二〇二一年以詩集《掙扎的貝類》入圍臺北國際書展大獎。

詩觀

「只要具備傳達的機能，日常語言就完成了自身的使命。語言若是被抽離時間之流，就會違背其存在的方式。語言是一種透明體，在傳達成功的瞬間即消滅。如同空氣一般。空氣傳達出天空的藍，其本身卻是無色的。另一方面，詩語言如同畫具。是本身帶有色彩的顏料。並以此作為一種抵抗來超越自己。其雖然是媒介卻不是透明體。有些詩句之所以能被流傳到後世，正是因為詩語言的傳達性不夠完全。」

——引用自大岡信《現代詩試論／詩人設計圖》

詩評

「煮雪的人」帶頭創立了好燙詩社，發行《好燙詩刊》，一個永遠在實驗的詩刊。所以，「煮雪的人」應該是一個永遠在路上的人。二十一世紀，很多人不惜焚琴以煮鶴的時代，他願意以煮雪來獲得人生的清涼吧！而且還真的去到有雪的北海道，發現「北海道真的有人姓煮雪」，天下還有什麼是不可能的嗎？

向陽在評論「煮雪的人」的第二本詩集《掙扎的貝類》時，其實也連帶帶出他的第一本詩集《小說詩集》的共同特色：「無」。

《小說詩集》其實就是商禽、蘇紹連所鑄造的散文詩，以「散文詩」為名，著重在她形式的不分行；以「小說詩」為名，著重在她內容的虛構性——另一種「無」的存在。

向陽指出：煮雪的人的「小說詩」以「無」為「有」的虛構本質，散發著哲學式的命題與思維。特別是《掙扎的貝類》：「整本詩集諸作也都可視為眾多的夢境組成的一個夢境。在夢境中，煮雪的人以他巨大的想像力，虛構在現實中不存在的故事和情節，演繹看似荒誕卻又真實的生活面相，並以之戲擬或諷喻現代社會和都市文明的違常。」

雪，極冷之物；煮，加熱之行；「煮雪」，從有到無，而「無」所宣示的也是一種存在。因而，整體來看煮雪的人的詩作，趨近於「無」的虛構性是詩作的特質，追求「無」的哲學境界則是煮雪的人的本質。（蕭蕭）

李蘋芬（一九九一——）

週間許願

啟程日的車廂外，陽光穿行
鄰座少年唇下的鬍髭
年輕得不可思議

第二天，我有被束攏的髮
讓那些你以為紛擾的，都安得其所
我是愛，願寫在每一道掌紋
有的摩挲成吻，有的因清洗而潔淨
在初次通往戀人公寓的樓梯
走路就是升騰

當我是只為一人建築的屋頂

（第三天。）黑色的雨落在肩上
孤獨就永遠是牆內靜默的獸嗎
我在墳場，不忘生者眉間的祕密
或者，我只能是一枚刻壞的印章
保留你因純真而閃神的最初
當你幾乎是憂鬱，第四天——
我是疼痛，眼淚都有來歷

第五個晚上，成為夜歸的人，讓星辰引路
仰望令我不致疲倦
河面皺褶，暗示有風
鴿在振翅。不追責島嶼的身世
我擁有熟悉季節的嘴唇
當第六天的果實落地，我是蠅
第一個怦然停佇

第七天，我終於成為塵埃
覆於燈火，養育失眠者的廢墟

你不用再擔心醒過太長的時間
等候每一次遊晃，不怕露出原形
我願自己是那一道心上曲折
為你譜出透明的歌

第二十屆臺北文學獎作品

選自《初醒如飛行》（啟明出版，二〇一九）

最困難的事

——論詩

開始我們都不難
躺下，無非是偷聽水泥的心音
騰空離地，替植物造影
忠誠的恨，遍及所有人的身世

開始最難的

是將自己無縫摺疊
是好好的活，並當作安全
開始最悲傷的是
我滿手詞語的偶線
左邊揚起下巴，肚腹壓扁
屈膝，我寧願在它們之間
右邊剪去指甲（過剩：執拗與不潔）
忙於望顏色，眼球有繭
句號是呼吸，善妒。妨害安寧
分號花稍，口語擁擠

左手與右手，一個個都喜歡形上學
最悲傷的詞語兀自有了完美臉孔
它開口，屏息且含句號如櫻桃
而最難的，是落雨前
它們長出斑點

選自《初醒如飛行》（啟明出版，二〇一九）

那樣的人

大概有那樣的人
見過之後，錯身進入
不同建築
領子邊上，被他人的髮掠過，而不被記著
有那樣的人，你為他編造集體記憶
鬆動鎖鍊般的骨節
以為就此可以碰觸，可以相視

我的驚懼在此刻出現
比轉角的步伐更冒失
驚懼於所有的突如其來
盡皆伴隨砂粒

如何讓一條孤獨的線

複疊成空間
有時我也不貪心，把誤認看作遊戲
最好的遇見，接近錯的邊緣

後來，我試著談起拯救
無法抗拒質變，冰封的花和白日執念
某些默契懸在危險的線上
易脆，有時不可見

那樣的人，他有自己的傷口
自己歡悅，自己麻木
將我給他的盡數汰換
剩下一次照面

原載二〇二〇年四月二日《聯合報・副刊》

自己的情書

誰將來到，雨霧之終點
那一個我沒有選擇的房間
日記上鎖，抽屜上鎖
鎖住，尚未起跑的雙腳
它們原本就適合各自相處

意外發生以後
看顧你的眼神，將成為刺點
在燈光終究被關掉的房間
剩下字跡潦草如蟲
我回頭尋找，忍耐舊的氣味
每一扇門後，都有你曾蹲踞的身體

如果你有薄床，就能乘桴遠遊

可惜我們都沒有
再也沒有一模一樣的房間，讓我們共生
沒有重複的日子讓我們同存
鎖匙開始生鏽，時針生鏽
夜遊的轉角不再驚喜
偶爾你也揣測，往後還有多少時間

如果我們身在同一個房間
無論有誰來到——你體內的坑洞
將為我所見
我會為你展示自己的：永無完滿的虛空
像一張不能對摺超過七次的紙
像痲痺魚類中樞的魚藤
一瞬間，你懂了那些
尚未聽聞的意外事件

我從你眼裡預見，這場雨霧並非突然
因為往後仍有鐵鎚，破損的屋頂

你的頭髮終究不能乾透
死去的物，偶現眼角，成為夢境
在病的邊緣
我們不可能孤單

敲擊沒有停止
房間外面響徹噪音
我為你羅列遠方的紀念物
你選中任何一樣，都能帶走
若你發覺此刻，愛意闕如
所有過往記憶，碎成塑膠微粒
它們消失困難，接近永生
請告訴我
那會是一則最奇怪的預言
萬物之開始與終點，我們沒有改變

因為往後仍有未知洞窟，它們有時像隧道
通向夏日與綠林；有時只是一個洞

像你體內的那一種
我曾耐心等待，在逆流的彎道
某人踏水而來
不畏浸濕，不寒冷
只為遞給我一面鏡子
我將看見，我們完好若此

二〇二〇年十一月

懷疑

1

在起居之際
任憑懷疑，像靜電那樣棲身
它首先是霧，馭風而來
卻比風還僥倖

盤坐的骨從此是一盞荷花
如果有人張開手臂，寬如屋宇
接住眼前這場不安的雨
或者，信仰始於誤認
它是冰晶，在靜默中生長

那時，神的信使將把過去和未來
捲入一只木軸小棉線
已知，與未知
皆諭示於其細密的繞行

2

我聽見，你的聲音仍有期盼
聲音是線
期盼，使它成為意義之網

水打濕身體

從此多了一層原本不屬於自己的感覺
比晨曦的藍色更薄
比霧還巨大

懷疑正在到來
我何其僥倖
漫遊過幾條街
換過一雙雙姿態各異的鞋
即使明白，時間同夕陽一樣
染上幻滅的徵候
明白野物在紛然的夏天
始於幻與真的交錯

3

遷徙的象，螢幕中的獅群
仍釀成了眼中蜜，不致輝煌
但足以令人慶幸

還有一些幸福
在發生
潮濕的記憶
汩汩的，在有人下墜之前
從低窪處開始聚合

原載二〇二一年《VERSE》八月號

詩人

李蘋芬（一九九一—），生於新北市。政大中文所博士生，畢業於師大國文系、臺大中文所。

有詩集《初醒如飛行》（啟明出版，二〇一九），曾獲詩的蓓蕾獎、臺北文學獎、全球華文星雲文學獎與國藝會出版補助，詩文入選臺灣詩選、九歌年度散文選。

詩觀

詩為人們展示了遙遠與無限，也將記憶擺渡而來、照見自己，必然是明白了限制與質疑會是某種永恆，因而選擇有詩的那一邊。一直惦記里爾克曾說的：「詩是經驗。」它構成一部逐漸擴增、複寫的問題史，我帶著它，去觀看、去超越，同時，在逗留，使所有思索終將有迴旋的時刻。

詩評

人的成長像人類對地球和宇宙關係的認識，由「地心說」到「日心說」到今日「無中心說」，漫漫數千年，要透過不斷的否定主流而得以躍升。關於詩，李蘋芬也有由「容器論」到「非容器論」的改變，不想自圓「前說」，承認裂痕之必要，這需要視野，更需極大的勇氣。關於女性和身體，社會普遍認知的改變卻極緩慢，李蘋芬明白其限制並質疑它會不會是某種永恆，這時有自覺的她選擇了游牧，逃逸出去，詩成了她可以駕御的駱駝，像她的詩集名稱《初醒如飛行》，她的駱駝是長了翅膀的。

或許是因要飛行，她的語詞和意象像她的髮和衣襟，不斷在風中閃爍變形，讓人很難一眼看清，偏偏這就是她的本領。比如〈週間許願〉可能是她將月事中細察自己子宮卵巢荷爾蒙不斷變化牽連心境起伏的記錄，那時她是一個人的宇宙，周遭卻有無數眼睛在圍繞，然則末了是蠅是塵埃皆只能自己面對，像是一個祕密的消失。〈那樣的人〉則幽微而細膩地寫「最好的遇見，接近錯的邊緣」、「某些默契懸在危險的線上」那種不好說的偶然互放光亮的感受，末了只能「剩下一次照面」，展現了女性天生敏銳到不行的觀察力和超拔的鋪陳方式。〈懷疑〉寫人性及情感的不安與不可靠，對一切的「信仰」皆「始於誤認」，即使如「冰晶」似生長，起始和最終也都是「幻與真的交錯」。〈最困難的事——論詩〉論寫詩的心境和困境，從「滿手詞語的偶線」到「句號是呼吸」「妨害安寧」、到「分號花稍，口語擁擠」，到「有了完美臉孔／它開口，屏息且含句號如櫻桃」，乃至末了怕它「長出斑點」，其過程其實是擔心多於喜悅。〈自己的情書〉寫情感歸宿之難，每一過程皆不易從生命中去除，如「塑膠微粒」「消失困難，接近永生」，不能不將之內化後再重新出發。李蘋芬透過她的「飛行」暗示了人生充滿崎嶇和困境，要從社會或自己容器的裂隙無傷地飛出去，雖不易也值得終生嘗試。（白靈）

詹佳鑫（一九九二——）

無聲的催眠

母親的耳朵越來越小，漸漸聾了
早晨，她煮一鍋白白的粥
喃喃自語，找不到合適的調味料
掩蓋昨晚過鹹的惡夢

然後至信箱收取報紙，看著晨間新聞
告訴我今日頭條、天氣與商家優惠
儘管我沒有要出門

十一點，母親從市場買回一株仙人掌，她說
抗輻射。而我始終被多刺的生活所螫
母親不知，只問我有沒有吃好、睡好

母親早睡早醒，而我晏起晏眠
她提醒我做夢小心，有時糾正我的夢囈
直到我們掉入各自的時差

總是這樣，在我日常必要的發言裡
彷彿母親只聽見自己的回應，窸窸窣窣
像一臺生塵的音樂盒，但我已不再調音

終究我還是走到能自己唱歌的年紀
早晨，依然明亮而安靜
母親坐在餐桌對面，聽我說話
像一場無聲的催眠

二〇一一年第一屆新北市文學獎新詩首獎作品
選自《無聲的催眠》（釀出版，二〇一八）

邀請函：雨滴的旅行

讓我進入雨滴，從天而降
在空中邀請每扇窗裡的孩子
關掉視窗的魔獸，放下滑鼠
同我抵達森林最高的杉木
滾落枝葉如敲打鍵盤，也許引來樹蛙低鳴
小鹿分心，此刻交換誠實的眼神
岩石上一隻蛞蝓留下山林的指紋

無須繁複辨認，任選一條支流
都會到達同一個出口。陽光灑落
河面閃爍如一張捕夢的網，偶有急湍
看見鯝魚逆游而上。下游的稻農
彎腰以稻苗種植生活，無須言語
讓風帶著汗水輕拂海濱，閃過煙囪與消波塊

潛入海裡，學習海草的柔軟、
水母的輕盈，跟隨潮汐漲退呼吸

沒有什麼在天涯海角，就是這裡
血脈相連的海洋與山林，母親的聲音
包裹在每一顆雨滴裡。再次從海面蒸發
凝結成雲，落下晶瑩的承諾
重新遇見雨裡的自己，看見島嶼
因彼此善意的折射而彎起虹霓

二〇一二國立臺灣文學館主辦「好詩大家寫」新詩首獎作品

選自《無聲的催眠》（釀出版，二〇一八）

錯覺的旁邊

今夜，南方有火的玻璃
漸次反射死神的眼睛

不要看見。高速的碎石是錯覺
屋頂上丙烯瀰漫的夢，是錯覺

一條莫比烏斯環向下凹陷
紅綠燈傾斜自己：往憂傷的旁邊

眼眶的旁邊，蒸發錯覺
看見島嶼的角落，路都來了

都來了，更多隱形的管線
以義氣相互串連——

不捨而珍惜，遠方的路燈點亮
一盞一盞，記憶的眼睛

・寫於二〇一四年高雄氣爆事件後。

原載二〇一四年八月十日《聯合報・副刊》
選自《無聲的催眠》（釀出版，二〇一八）

祕密廁所

世界最光亮的地方莫過於
一間廁所，衛生紙藏起忍耐的痕跡
謠言尾隨影子疲倦暈眩，越走越輕
辨識牆上同樣單薄的族裔——
淺藍長褲，粉紅短裙
三張臉面無表情，共同遮掩
歷史下半身的祕密

意外交會在我歧義的身體

我知道萬物的排泄與清潔
總是同時發生，正如拖把、水桶與鐵夾
在此有了全新的功能
陽光恍惚離開小窗
鏡子沉默爬滿水漬
難以照見眼淚的真相

我打開一扇潔白的門
安置自己，還有一點時間
可以在此存放祕密
當我埋頭抱膝，我便擁有一種防衛的姿勢
在許多遙遠的廁所裡
和一群失語的人蜷縮蹲踞
聽見恐懼被捲入渦流的聲音
隱隱共鳴，在地下水道安靜蔓延
孳生黑色的細菌

而我終究是乾淨的。
有禮地經過粉藍與粉紅，敲敲門
重複熟悉的動作；我知道有一天
他們會交換更多衣服，混搭顏色
他們會在世界某處微笑牽手
就像我知道有人會在外面等我

・詩致玫瑰少年葉永鋕。

選自《無聲的催眠》（釀出版，二〇一八）

變色龍畫家

城市雨停，踩過水窪
倒影破碎搖晃，預言尚未成真
生活是一塊巨大的調色盤
讓我漸漸失去顏色

讓我學會隱藏，用緘默
彩繪一雙他人的眼光
彷彿色盲，在一列下潛的捷運車廂
面對黑暗，終於看見疲憊的模樣

我有美麗的鱗片逆向生長
無人知曉，無人撫觸
總在夢裡翻身時被悄悄割傷
醒來還有防衛的指爪

能再次握住畫筆嗎
日復一日，隱形的手紛紛握住了我
無數監視器來自不同時空
共組唯一形象，門窗關上了自己
沒有一臺灰色電梯
允許升降與徬徨……

我無法在夢想的雨林跳躍擺盪
卻看見每一汪水窪裡
文明的倒影啊日新又新
絢爛短暫，一枝畫筆走走停停
還不願輕易放棄——

畫一朵白雲飄過藍綠島嶼
山風海雨包圍了黑色核心
畫許多便宜的房子裝上正義的窗
向外呼喊不再緘默與隱藏例如
畫一條黃絲帶繫上遙遠的傘
一道彩虹橋通往未來的家……

再畫一枝筆，請它完成
無數個畫中作畫的自己

曲折反射，疊合加成
當我回視顏色的軌跡

能否發現最初的眼睛無染透明？
收起畫筆，鱗片裡一場睡眠
安靜而遙遠，一座雨林守護重生的預言
似夢非夢，蜷曲四肢我卸下偽裝
卸下光影，那真實的無色之色
我願意用一生去看見……

原載二〇一六年一月二十八日《人間福報・副刊》
選自《無聲的催眠》（釀出版，二〇一八）

詩人

詹佳鑫（一九九二―），生於臺北，建國中學、臺大中文系、臺大臺文所畢業，現為新竹高中國文教師。

著有詩集《無聲的催眠》（釀出版，二〇一八）、碩士論文《空意、情思、聲姿：陳育虹詩藝論》。作品選入《創世紀》、《國民新詩讀本》、《臺灣詩選》、《臺灣現代詩選》等，並於《當代臺灣文學英譯》兩度翻譯國外。曾參與第一屆華文朗讀節、《創世紀》「一九八〇後新銳詩人特集」、「六十周年紀念專號：數位原生代詩選」、臺大《花火時代》駐站作家等。

詩集曾獲第一屆「周夢蝶詩獎」首獎、文化部中小學優良推薦讀物、誠品職人好書大賞提名；碩論獲二〇一九臺灣文學傑出博碩士論文獎特優；詩作曾獲全國學生文學獎、臺積電青年學生文學獎、臺大文學獎、臺北文學獎、新北文學獎、宗教文學獎、教育部文藝創作獎等。

詩觀

詩必須有心。有心方生感發與情境。以此為始，詩人逐步吟哦推敲，烘托情感、鍛鑄思想，留白但不敷衍，曖昧而不晦澀。詩人刪裁斟酌，梳理脈絡，使作品具有藝術化的溝通誠意，舉重若輕。一首好詩，能捻沙成索，鑄風為形，凝聚靈感旋轉提升，變成箭號指向渾沌中的某個光點。那光點中又有無數隱形的星座，而你是其中一顆好奇的星星。

詩評

詹佳鑫是一個深情的詩人，有著寬大的胸襟，對人類的未來充滿關懷與期待。〈變色龍畫家〉有一段：「畫一朵白雲飄過藍綠島嶼／山風海雨包圍了黑色核心／畫許多便宜的房子裝上正義的窗／向外呼喊不再緘默與隱藏例如／畫一條黃絲帶繫上遙遠的傘／一道彩虹橋通往未來的家……」通過變色龍話語，包容看待各種顏色，隱喻各種立場。

感情，是詩人創作的原動力；詩，尤其是抒情詩著重情感，情為心聲，在宇宙萬物面前，詩人是一個情人。

〈邀請函：雨滴的旅行〉諄諄教育迷戀電玩的學子要親近大自然，這已是一種具體的詩教了，詩通過感染力影響人們的心靈。誠如美國統統甘迺迪（John Kennedy，一九一七—一九六三）主張政治人物應該多讀詩：「當權力窄化人關心的範疇，詩可以提醒他生命的豐富與多樣；當權力腐化，詩就加以淨化。」

〈無聲的催眠〉寫母親，親情詩很容易感情泛濫，唯高明者能充分節制，表現為一種語言的輕鬆化，讓語言的表現，顯得好像一點重量也沒有，使得意義本身也同樣有了淡化的效果。〈祕密廁所〉為弱勢者發聲；〈錯覺的旁邊〉寫高雄氣爆事件，也都很含蓄，呈現輕淡效果。

這是詹佳鑫的藝術：即使碰到多麼了不起的事件，也要避免呼天搶地，盡可能地，讓快要爆發出來的感情內斂、再內斂，愈強烈的感情愈故意去輕描淡寫。（焦桐）

林夢媧（一九九三——）

寓言之前

有一晚
我聽見敲門聲
十二點了
這時候已經
不會有人
我也不算是人
過了一會
一陣密得像網子一樣
影子一樣的
黑霧進來了我房間
沒有臉
沒有手腳沒有

任何可與之對峙的
或者緊握的
肉體
我與它
相對無言
直到空氣突然凝結
房裡的形象
模糊了起來
我看見我們之間
萬千塵埃
隱約如露
好似如電
這之中有一顆什麼
閃爍而過
好像因果
黑霧在我對面
慢慢變乾、剝落
慢慢無可收拾

成了地上的散沙
風吹得像隻手
沙被寫成幾句話
它說
「收好你最重要的東西
不要輕易地給
那些都黏著你的
血肉頭髮
只是沒有人在意」
時間再度開始
那些字凝視著我
當我正捧著
滿手的心肝脾肺
試著往窗外傾倒

原載二〇二〇年六月二十四日《聯合報・副刊》

渡

生活總是
偏向顯學的
人多
我們便談人
花開花落
浪起潮退
彷彿除此之外的
不存在世間

一年十二個月
有十一個月給人
剩下一個月
給那些被人深深
洗弄褪色的

參加葬禮的時候
口袋要放榕樹葉
到家前丟在路邊
這一個月
你看見許多淡淡的
影子前來找你
每天
你口袋裡的樹葉
都緊緊跟隨

是了
你平安喜樂的過了一年
這一個月
讓平常只能擦肩而過的
浮光掠影
都來到眼前
你看看他們的臉

死還沒有過去

親愛的
今天
我想跟你談談
瀕死
這勢必是過去的事情
無關意志
你還沒死，所以我們談論
但在這之前
我希望你先知道
死還沒有過去
有時在杯子裡，
有時在屋子角落
在每一次你走進廁所

原載二〇二〇年十一月十五日《聯合報・副刊》

瞬間感受到的凝視

十四歲
我曾在泳池中溺水
那時與死無關
我記得自己想活下來
希望誰可以拉我一把
所以垂死掙扎
垂死不致死
我把自己留了下來
十六歲
我在充滿歡快的
人與狗的
山中溪流裡，
突然踩空
水中寧靜安詳
我從對面凝望試圖游出水面的自己
自己正無聲看著腳下

纏住身體的黑影
黑影沒有讓我不安
來自世間的自己
引來黑影
那時生死並不存在
水準確地接住我
下墜的內裡
我沒有決定離開
有一雙手替我決定
上岸後我回到世間
重力回到我
擁擠嗆咳出過多的水
夜裡我夢見巨大如月
一般的眼睛
還有活過百年的蛇
他們透過死
來找我

幾年後
我全身抽搐
被綁在手術臺上
門外站著愛人
肚子裡是你
要撐破我
眼前彷彿是我的葬禮
我幾乎要走進去
觀望自己的棺木
但我希望盡可能
好好聽聽你的哭聲
你的餓
我知道這樣可以活下去
這樣你就可以
來到我身邊
儘管死亡還沒有過去
我們回家

原載二〇二一年三月二十六日《自由時報・副刊》

詩人

林夢媧（一九九三—），生於屏東，現定居臺北。喜歡安靜，喜歡獨處，喜歡乾淨，喜歡有節制的說話和散步。與愛人、三隻貓兒子還有女兒一起生活。著有個人詩集《潔癖》（逗點文創，二〇一九），並入選《二〇二〇臺灣詩選》、《媽媽＋1——二十首絕望與希望的媽媽之歌》、《沉舟記——消逝的字典》、《小孩遇見詩》。曾獲周夢蝶詩獎評審推薦獎、國家文化藝術基金會文學類創作補助、臺北市政府文化局藝文補助、葉紅女性詩獎等。

詩觀

詩歌是過濾器，寫詩時，那些雜質，不管是憤怒還是恨意都被清除，只留下最純淨的東西。那是自我潔淨的過程，最終也產生光滑與明亮的詩歌。裡面雖然有我的意志與情感，但寫出來後，就脫離我本身，是另外的存在，不再屬於我。

寫詩也是潔癖的表現，它是關於整理的整理，是將我的潔癖收納在詩歌裡。人生難以言說的陰暗、骯髒與錯亂，我都會寫進去，但用字是乾淨的，我喜歡它是整潔的，不多不餘，必須是精準的收納術。而所有日常都是詩歌的來源。我找到這樣的方式，去安放生活無止境蓬勃的髒亂。

詩歌是生命無法解除的一部分。我感覺到它存在，在日常，在身體裡。但不是一定要寫。寫詩是創造自己的答案。有時也會覺得心中有解答也就夠了。何況就算不寫出來，生活還是時刻有詩歌的顯影。

詩評

首次讀林夢媧的詩，是在「周夢蝶詩獎」評審會上。陳育虹對她的作品有精到的評論：「純淨的痛，純淨的省思，掙扎，以及表白。這樣的純淨，讓那鬼魅般無以名之的憂鬱露出了面貌。」林夢媧自云「所有日常都是詩歌的來源」，「我感覺到它（詩）存在，在日常，在身體裡」。她從日常提煉詩性，語言簡淨，構思脫俗。

〈渡〉描寫過日子的心情心理，「生活總是／偏向顯學的／人多……」，表明她的不以為然，她的疏離；「一年十二個月／有十一個月給人……」，有點無奈但卻又是深思明察的；第三節口袋裡有榕樹葉，表示不斷地參加葬禮，扣合逝者的影子糾結在心裡；最後一節，外在的或外人眼中的平安喜樂都是擦肩而過的浮光掠影，但也只好任它。

〈死還沒有過去〉以生活經歷、瀕死經驗，刻繪生死之思。語言的韻律不來自熱情歌詠，而是冷靜低訴。詩中描述三次垂死掙扎，而掙扎的情景不同，第一次求救完全寫實，第二次彷彿進入夢中，第三次「我幾乎要走進去／觀望自己的棺木」，漸層深入。「死還沒有過去」是此詩意旨，前兩次是個人溺水，第三次則因生產，誕生引帶著死亡惘惘的威脅。

〈寓言之前〉的表現十分形象，應之以生動的佛理。詩中的「黑霧」如萬千塵埃，如露，如電，如因果，那是彌漫於心中揮之不去的黑霧，「凝視著我／當我正捧著／滿手的心肝脾肺／試著往窗外傾倒」，一如志怪般詭奇超凡。（陳義芝）

曹馭博（一九九四——）

我害怕屋瓦

我向屋瓦禱告
因為我害怕屋瓦

害怕飢餓
害怕睡前的黑暗會吃了我
但我無法吃下黑暗

害怕米飯是礦石
鹽巴是血
害怕牆上的壁虎
吞下碎屑玻璃

害怕襯衫聚成一團
領子變皺
脖子也開始萎縮

害怕雨會變大
太陽變老
害怕詩會說謊
或著什麼也不說

我害怕今天的害怕
會繼續腫脹

我想逃跑
——但我害怕逃跑
倘若離開了屋瓦
我會餓，衣服會皺
雨不會離開
詩會死

我不能逃跑
因為我害怕屋瓦

原載二〇一七年《自由時報・副刊》
入選二〇一八太平洋詩歌節選詩、二〇二〇年《兩岸詩》選詩

在葬禮上

烈日下，鳥群
圍著寧靜叫喊
鼓點從水面漸出
陰影蜷縮在燈罩底下
身旁長出灰黑的樹
蒼蠅在黑痣上頭膜拜

——靜靜看守
緊盯著水珠
圓形墜了下來
——聲音
是不動的太陽
陽光侵入棺木
撬出死亡

原載二〇一七年《歪仔歪詩刊》第十五期

春天喜歡悲傷的人

春天喜歡悲傷的人
它為你埋葬冬天

種子還在泥沼中沉睡
田裡都是你善良的背脊

除了草地，循環的子嗣
其他我一無所有

時間是一匹綠色的馬
在黑暗裡踐踏太陽

我想在地上畫一道月亮
讓你做一個有關光明的夢

世界不需要墳墓
到處都是安睡的土壤

冬天是一隻墜地的鳥
在田裡失去了知覺

我怕冬天再度愛上了你
我要在詩裡遵守春天

入選二〇一八太平洋詩歌節選詩、二〇二〇年《兩岸詩》選詩

夜的大赦

一

夜晚，一個私密的竊聽者
電梯等速上升，交替著監禁與釋放
所有的生命都朝向一座玻璃大廈溢去

也許是我身陷其中？藉由睡眠，飢餓，睡眠
聽夜鷹吹響他人的脊椎骨，卻沒捨棄作為鳥類的低咕
牠展開剪刀飛翔，像一位沿街張貼廣告的工人

電線桿，鐵蒺藜，紅磚牆。黑暗再度
修復了黑狗的軀體，任它隨意
為自己鍍上黃褐色的眼珠，便是黑貓的誕生

二

「喔地獄，我眼睛所及，那悲傷視為何物？」
漆黑的房間寒冷，呵出的每一團白霧
劃開孔洞，即為幽靈呼告的口器。

我不可能認識它們。
歷史正為它的錯誤大笑不止
醒來還太早，牆內有人低聲哼唱：

「在暴力的縫隙中找到缺口
並且，在裡頭活得光亮……」
木柴碳化，瀕危的野獸，火寂。

三

幽靈
一個接一個來過
旋轉門
野蠻的中陰身

原載二〇二一年香港《字花》
選自《夜的大赦》（雙囍出版，二〇二二）
入選二〇二一都柏林三一學院「翻譯擂臺」（translation slam）選詩、
二〇二一臺北詩歌節選詩、二〇二一太平洋詩歌節選詩

詩人

曹馭博（一九九四—），生於新竹，淡江大學中文系學士，東華大學華文系創作組藝術碩士（M.F.A.）。

著有詩集《我害怕屋瓦》（啟明出版，二〇一八）、《夜的大赦》（雙囍出版，二〇二二）。

二〇一七年獲林榮三文學獎新詩首獎，成為該獎開設以來最年輕首獎得主。二〇一八年

《我害怕屋瓦》獲得文化部「第四十一次中小學生讀物選介」。二〇一九年《我害怕屋瓦》獲得臺灣文學金典獎蓓蕾獎。二〇一九年《我害怕屋瓦》獲得《文訊》「二十一世紀上升星座：一九七〇後臺灣作家作品評選」成為六十位獲選者唯一一位低於三十歲的作家。曾入選二〇一八～二〇二〇《臺灣詩選》。

詩觀

我追尋的詩歌是瞬間以及其持續，是凝鍊與節制。唯有如此，才能將不斷變化的內心感受，藉由詩歌變成一個整體，我想讓讀者在凝鍊與節制感受更大的自由；天使在緊縛中最美，詩在蜷縮中最真誠。

詩評

曹馭博的詩藏著很深的悲傷，可視為一種「苦悶的象徵」，一條自我救贖的道路。

須文蔚在曹馭博詩集《我害怕屋瓦》序文中說：「你寫出一組又一組作品，把恐懼、瘋狂、告別、出發、行進建構一個周而復始的循環，道出義大利學家阿岡本（Giorgio Agamben，一九四二—）所說的「人皆裸命」（bare life）的看法，法律與秩序表面上是維護社會的秩序，實則以神話暴力與血腥的權力，讓統治者為了自身的目的而攫取裸。」

死亡，政治，恐懼，大概都是曹馭博詩中的敘事母題。諸如「世界不需要墳墓／到處都是安睡的土壤」（春天喜歡悲傷的人）；「陽光侵入棺木／撬出死亡」（在葬禮上）；「漆黑的房間寒冷，呵出的每一團白霧／劃開孔洞，即為幽靈呼告的口器」（夜的大赦）；「我害怕今天的害怕／會繼續腫脹」（我害怕屋瓦）……

大抵而言，他採取抽象化、概念化的語言策略，並以這種辦法建構自己的象徵意義。（焦桐）

旋木（一九九四——）

告白（節選17.）

十日後，艦隊遠征
豐饒遠東的想像帶走無數水手
高舉著慾望前仆後繼
膀子上掛著妻小和父母
拳頭含著十字架

三個月
有時海面緊抓甲板
深淵與之對視
無風雨襲擊的日子
存在已然被時間遺忘
放大的不只有深淵

又三個月
赤道下雪
洋流如亙古的⋯

兩年零五個月
冒險家終於穿過厤六甲
足踝印上東方的泥
揣著乾瘦的想像
先行者永遠的倒臥在沙洲上

註：讀臺灣史有感

告　白（節選31.）

及至風雨和迷霧散去
及至日曜或日常

並未有太大的差別
但如情慾的衰變、同溫層舒張
枯萎的爻辭離形又靠近

「什麼是愛？」神女正襟
語言促狹，迫近我的呼吸
企圖卸下所有道德裝飾

「弱水三千，弱水三千……」
然夏蟬與秋水、鞦韆的震盪和蝴蝶間
必然也有著某種
某些無法解釋也開脫不了的關聯
我們愛是不解

「齊物。」萬物開始收攏
呈現更加原始的形狀

神女低吟似若歌唱

似若我們都沒有分別
門樑微傾、情人頷首
「弱水三千，為何就要這一瓢？」
如若齊物、人間如何找妳

「這正是此愛最迷人最神祕之處
萬物停駐的時刻、我們渴求的他方」

「哪裡？」妳的語言慧黠而搖擺
跟隨著高樓的呼聲
我們一下被拉回了現代
長夜將盡，彼方閃爍起來
日光打斷隱喻的神性晦暗、晦暗伸展開
「妳看，祂的神性正被一點一滴的剝離
近地、遠方、家鄉，融進我們身體…」

「卜辭斷了…」妳抗議
暫且無法說了

及至妳同步我的明白
伴生語言支離破碎的邊陲
屬於那裡一刻
天地即倒懸

Dear J
——致畢安生和星子們

十月中旬，
潮濕的烏雲伏貼在背
懊熱並未隨著夏天離去
輕微的炎症持續蔓延
爬滿整個城市

遠方傳來嘈雜的呼聲
像信號不良的收音機
長夜裡來回踱步

酒精中你昏睡、哭泣，終於
夢裡依稀聽見愛人囈語

Dear J，渡向千山萬水的
保守東方社會始終不似
浪漫熱切的法蘭西或尼德蘭
在懊熱的十月的臺北
只有C的家人和律師圍坐病床前
和額上的涔涔冷汗真實

許多的你曾只得收進壁櫥
萌發的愛尚不予承認
鼓譟的暴徒遊蕩街上
偽裝為慈祥長輩的樣子
嚴厲或懇切的逼近
端坐在無數個你背上

Dear J，你們終究只是

比較親近的那種陌生人……

圍城那天，
一朵玫瑰逃離熱戀的季節
我們在黑暗中摟住彼此
路燈漸次點燃，飽嚐遺憾的雙頰
扭曲而容不下尺寸
懊熱的十月的臺北
雪花堆滿整個窗臺

夜行者

銀幣質地的夜露
滿開靜謐
無人的鄉道
一盞手提燈火
意識所及之半畝

車前小徑
四肢得以延展——延展——
穿行如疾風
此刻，前方指向前方

饕餮

回過神來已地處深淵
徒留凝望以吞噬光
那人的屍骸在側
肉慾的飢渴也在側
長路無人
僅以一支筆和片語傍身
而坐擁整個文明

無以名狀虛空中
僅剩自己尚未遺失

此刻驚懼以解放之名在憤慨中死去
渾沌中，倖存的意識
搭建起一座圖書館
長路無人
一刻鐘前，親睹的
那人嚥下破殼潰逃的靈魂
亦來自屍骸之中

倖存之意識逼向那人
緊隨季節更替
緊隨懸而未決的謎團
逼向死
混亂中那人頹然倒在我懷中
長路已無人
僅有屍骸在側

那人以逝去佐證我坐擁的
屍骸的驚懼本身

於長夜奔馳
本能在倖存後迅速膨脹起來
蠶食更多片語、靈魂或謎團
屍骸在側，供以圖書館之核心
文明持續膨脹、膨脹
譬如回過神來已地處深淵

詩人

旋木（一九九四—）出生於臺南。曾任「風球詩社」南部讀詩會總召、北部讀詩會總召及文藝營總召。

著有詩集《告白》（遠景，二〇二一），另有詩作散見於《乾坤詩刊》、《明道文藝》及《風球詩選集》等，亦展出於風球詩社大學詩展、高中詩展。

詩作曾獲鳳凰樹文學獎，入圍臺大文學獎複選。

詩觀

我喜歡詩具有神性、飽含思維的部分，讀者透過解析寫作策略和繽紛詭譎的文字與文本對抗，透過解析入侵思維與現實的邊界，在完全思維的活動中，抵達終點的蛻變。

為了達成上述目標，我認為在創作上有三個重要因素，其一思維本身的複雜性、深淺及顛覆性，其二是詩結構、情節及過場等設計，最後是運用意象能否產生連結、共鳴。回歸到對詩作的期許，願詩使世人得以安睡、持續成長或奮鬥。回歸到詩人的宿命，將持續飢渴。

詩評

出版過詩集《告白》的旋木是語言的冒險家，他的詩像祈禱時喃喃的禱詞和只有神靈聽得見的懺悔錄，而且是在半夜說的。此書只有標號而無標題，乍看四十餘首，說是掏肺挖心向衷心對象告白一切所思所想、寫得長長的一首情詩亦無不可，主題涉及歷史、神話、宗教、情愛、政治、現實，對所處時空提出諸多批判、控訴和指摘。

此處即選了其中第十七及三十一首。前者是讀臺灣史有感所作，「膀子上掛著妻小和父母／拳頭含著十字架」，將西方人以船堅砲利東行，侵占搜刮滿足帝國胃囊的行船艱難過程和欲望予以還原，讀來甚有史感和想像。後一首乃裸露地探索情愛與性的真諦，此時神女和女神相互糾纏，道德裝飾呈現得脆弱不堪，只有逼近本性才有被點化成長的可能，展露了男子內心最深的欲望和渴求。〈Dear J〉寫法國人畢安生（Jacques Picoux，一九四八—二〇一六）因交往三十五年伴侶曾敬超過世，引發同志未合法化前財產處理問題，導致其自殺的悲劇，「扭曲而容不下尺寸／懊熱的十月的臺北／雪花堆滿整個窗臺」，旋木以悲痛心境和收斂的語調悼念了此事。〈饕饕〉寫在圖書館中與諸多已逝作者相伴，有如饕餮汲前人精髓，又似伴眾多屍骸又驚又恐的奇特感受，「僅以一支筆和片語傍身／而坐擁整個文明」、「本能在倖存後迅速膨脹起來／蠶食更多片語、靈魂或謎團」，但往昔不可解的又遠過於可解的，只能睜眼看著「文明持續膨脹」，寫法特異離奇，類似白日夢魘。（白靈）

鄭琬融（一九九六——）

記十月的剽悍
——別木瓜溪

芒花成為白火　河谷間
閃動。一株芒草是一隻
沒了執念的白鬼
磨蹭著到來的秋意

我與你踏著土　鬆動的土
從河堤防上滑下我們的堅毅
幾步路後就是野溪
是奔驣　是數以千計的魚苗展開背離的地方

道別此地前

我與你　摘下了兩株鬼
將細桿插進了河床乾癟的淤泥裡
以沉默為禱詞
以目光為祝賀
但願我們不會忘了這河谷的風景
以及此地生活漫漫
醒是霧
睡是海
一群野狗早先於我們
追向雲破而來的光束
我們甘心沐浴於陰影裡
此刻，我們甘心沐浴於陰影裡

寫於二〇二〇年三月

鬼出城

鬼被吹成氣球，一個小孩拿來遛。
鬼期待爆炸。
死於非命的，自然而然也想看一次非命
鬼不能打坐。不是沒了腿的問題，而是本質與神相背。
那些無法放棄信仰的，把花摘來燒做香。
很糗的時候，鬼喜歡躲到珊瑚裡。白熱化的珊瑚，他說他們長了骨。
鬼總是期待狗吠，天一下就亮了。
那些不小心被看見的，又把衣服給脫了，掛在廢棄屋外的欄杆上。
村民們不會瞭解，鬼的通透與直爽
如一張影子　忽大忽小
可以乘風或起浪
下午，彈珠撞擊的響
其實就體現了這點。在孩子的手中
他們弄壞鬼的邊界

弄壞鬼　壞鬼
顏色漏了出來。也許是上輩子
有些謊沒有說完
有些愛沒有談
鬼握筆寫字
卻掌握不住修辭
一句句絞盡腦汁（假設是紫色的）
一寫下卻全都散
鬼沒遇見該遇見的人
儘管已經遊晃多日
風也快放完了
鬼愛的人終究沒有變成鬼
一顆太陽在後頭
竄燒，光厚得如某年冬天的積雪
一踩就深及至膝
村民們眼看著鬼都走光
便又拿出藤椅、長桌
棋盤與水果

我沒有要誕生我的悲傷

1

他來
他不穿鞋
他很
髒。他把手伸到我的影子裡
搔我癢
我不想笑　也沒有哭
我說我們可不可以不要再玩這種互毀的遊戲
天沒有亮　他不給
我跳進影子裡要把他給抓出來
結果當我把他捉出來　也把他殺了的時候
我發現自己從來不存在

原載二〇二〇年《聯合文學雜誌》五月號

2

我還是生下了他
在回家的路上
在河邊
在我差點決定溺死的水裡
他找到我　看起來年輕又老舊
他把我的身體刮破　出來和我打招呼

我不喜歡他藍色的眼睛
不喜歡他比我強壯的身體
我不喜歡他唱歌　碎語
指使我去買東西

我不喜歡他跟著我
彷彿是我允許的

3

花瓶裡沒有插花的時候
我又試著殺了他

4

花瓶裡有花的時候

天空很亮　草把自己繫在風中
不刻意去聞花的香氣
甜仍飄過來
水果風乾的氣味
我如一隻蜜

儘管有時這麼浸泡在幸福裡了
我想到它會結束
流光　變成冬天的河床
有時　他們（更多人）（還有更多人）牽著我的手

告訴我春天還會再來
花還會開
有時（他們都走了）（所有人都走了）剩下我
我牽著他的手
不敢放開

什麼是真的而誰又不是真的

5

我把這想法告訴了她（除了他以外的人）
我把這想法告訴了他（除了她以外的更多人）
他說沒關係（他們說沒關係）　你知道嗎
你生下來的遠遠不止是悲傷

原載二〇二〇年五月二十四日《自由時報・副刊》

哀樂的巷口

1

摺紅鶴的女子
指節長出了大朵牡丹
她的意識正遊行

2

談論什麼樣的死會輕易
不在肉眼的
不在於心的
沒有速度的

為什麼總有人笑著

3

一個男孩做了一個鐘
倒著轉
他說
轉到了第六萬七百五十三圈
他的母親會出現

「這不是巫術」，我說
「電池記得要換」

4

生的節奏
咚——答答——咚——
死的節奏無人聞問

5

多次
花腐爛於新的帷幕底下
妄想慢慢褪色

6

那天見你
不同於燃燒信紙的煙霧
據言，是髮與骨
粉身的氣味
但我倒更覺像是你的憂鬱

7

祕密在死後不會歸零
死亡的魅力又在哪裡
轉身，不如說是擴大了
彼此的來意

8

在回返的中央
思索形體

早晨的洗臉水碰得到我
巷口的哀樂碰得到我
你最後的一個眼神
碰得到我

9

來自地獄的花
是否也有觸碰陽光的渴望

10

弔念
漸漸變成了懷舊
變成了揮去蠅蟲的手勢

藍色的風輕掃
午夜的沙漠
一粒沙
帶走大地的陰影
跑進誰的眼睛

寫於二〇二一年二月

正在發生的美麗

五歲的孩子在花園裡弄丟自己／咬了花／手指鬼綠／牙齒嫣紅／眼神如初／他的
母親在屋內／他們的母親在屋內／燒水／等待一聲幾近發洩的尖嘯／穿透屋牆／
上有剝了皮的山色／徹夜融水的藍天／久未回望的昨日／如同今早分明的黑影／
已比初遺忘的瞬間還巨大

她沒有看／沒有看／沒有看

窗外的一景一色都在茁長成千年萬年的樣子／她的孩子像火／四處抵禦夜晚／為朋友的夢去摘星／為河的堵塞出力／來年／他已是村裡的精靈／背後的期許有如烈日

她沒能看／不能看／無法看／她一屏息就是十年

潛入深深的水裡／在爐前／雙眼沸騰／等待尖嘯的瞬間／不是自己的／卻也未有他人／她的雙乳頹敗／腳裸僵硬／肉體綿軟／她有屬於自己的暴力／唯有褪去瑣事的白日才得以浮現／夢漸短／而遺忘漸長／她在夜裡張眼的次數多到彷彿在製造星星／她醒來／一場靈魂的雨／無風

逐漸枯萎的紫藤花迎向晨起的／一尾白狗成為昨日的月心／到處踩踏泥濘／壞了花園的小徑／她仔細看／清楚看／凝神看／那搗毀世界色彩的童心／鳥比風輕／鳥比風輕

原載二〇二一年五月《幼獅文藝》

詩人

鄭琬融（一九九六—），生於臺北，國立東華華文學系畢業。曾任職外文編輯。目前預備就讀北藝大文跨所。

曾獲臺積電青年學生文學獎、x19詩獎、林榮三文學獎、第七屆楊牧詩獎、國藝會創作補助、臺北詩歌節「15秒影像詩」入選等。出版詩冊《一些流浪的魚》（獨立出版，二〇一六）、詩集《我與我的幽靈共處一室》（木馬文化，二〇二一）。詩作收錄於《二〇二〇臺灣詩選》。

詩觀

詩是我生活裡來路不明的幸福。那就像是外出踏青、看看風景時，沒意料到會看見更美的事物。它不受拘束，也難以用影像所留存，我只能試圖以語言重塑那幾個奇蹟般的時刻，同時，也向外渴求更多。詩是如此輕巧，將幾個字摺疊於胸口，就能抵達更遠的地方。

詩評

鄭琬融的詩有一種沒有邊界的自由感，邊界是男權設計的，對狡獪的女子完全沒有規範力，因此她的詩是跳脫常軌的，潛伏於陰柔和夜晚，即使白天也躲在陰影裡，至少是沒有主權之地。「用一種荒地或邊緣的角度來看生命，有一種洞悉的深度」（李癸雲）、「彰顯了生命的荒蕪質地，像地獄長出觸手花」（楊佳嫻），這是女性沒有歸屬、「去歸屬」之游牧生命狀態的展現，「像風一樣的活著，四季就是血肉」，隨大化而活而變，鄭琬融深得其精髓。

〈鬼出城〉的鬼多指女子、乃至就是作者的化身，「通透與直爽／如一張影子　忽大忽小／可以乘風或起浪」，但少人明白鬼的本領，像自古被壓抑的女權和女才，「鬼沒遇見該遇見的人」、「鬼愛的人終究沒有變成鬼」，這是鬼的悲哀、也是世間無數女子的悲哀。〈我沒有要誕生我的悲傷〉寫憂鬱氣質的不可抗拒、乃至於是與生俱來的，「把他殺了的時候／我發現自己從來不存在」，一朝百憂解後，我即非我，如此「什麼是真的而誰又不是真的」，人生艱難，好壞難論，只能兼收。

〈哀樂的巷口〉寫面對死亡或守靈過程的雜想，事關己或不關己時使死的意義暫時可以或難以與生的意義相提並論，像一個大問號堵在人生的巷口，令人手足無措，作者對此作了一番省思。〈正在發生的美麗〉寫得離奇詭異，像是一樁幼童溺水事件引發的一連串哀傷，句法跳躍活潑，卻不欲人跟隨，像是靈異時刻所見。

〈記十月的剽悍——別木瓜溪〉中「一株芒草是一隻／沒了執念的白鬼」，諸多芒草則鬼影幢幢了，記別花蓮，以鬼魅託影，印象乃深。鄭琬融的「鬼魅書寫」和「幽靈美學」其實是女力抵抗男權世界的一種絕佳策略。（白靈）

王信益（一九九八——）

時差

午夜的街口
時間的貓
冷成雪花

想念是水霧
心底的山路蜿蜒
我把整座山頭都捻熄了
只留下一盞街燈

剖開時鐘的肚子
陰影的伏流，搏動如
暈眩動脈。

失控的斑馬
在荒原瘋狂繞圈

胸口微凸的隱刺，是你親手
種植的秒針。
火的字跡斑駁
年久失修的時差
如視網膜剝離的眼
飛蚊是我們
身上的印記

「你會來見我嗎？」

我把整座山頭都點亮了
又把整座山頭
捻熄

二〇一八年

選自《反覆練習末日》（秀威，二〇一九）

喪禮

你參加自己的喪禮

你的喪禮：
典雅、簡樸、吝嗇
一如你生前給出的愛

你在喪禮上朗讀那首最珍愛的詩

白色的鳥墜成白色的浪
白花顫抖成雪

喪禮上，他們全都笑得燦爛

二〇一九年

選自《反覆練習末日》（秀威，二〇一九）

燒

終於下定決心——那位戴著
金邊細鏡框的天文學家走出
科學館大樓。棗紅的瘀傷的
火。鬱鬱地在燒：

星體軌道、銀河、輪迴的離心力
密密麻麻的運算式、徹夜埋首在
觀星臺上的疲倦，在燒。行星的
恆星的殘骸在燒在燒。

天文學家徹底成為
宿命論的虔誠信徒：此刻的他

一名癲狂的占星術士。此刻
此刻他正閉眼凝神，目光如炬：
顫動的宇宙正要發亮。此刻正——
閃爍著薄脆的透明的蜻蜓

的夢在燒。流年在燒、初戀的
女孩的笑容在燒在燒。

一名癲狂的占星術士
此刻，如是說道：

（不久以前他還是那位
戴著細金框眼鏡的天文學家）

「為了讓宇宙中的灰塵踩著光跳舞
我願意放棄一切艱難的運算式」

我的短刀

腳印獨自上陰冷的山
但我沒有，我在山底
掏出冷冽的短刀

我的短刀如此純粹
我不容許它沾上一粒灰塵

但我還是忍不住去洗它
我忍不住。
我不知道是不是因為今晚是月蝕的關係

二〇二〇年

原載二〇二〇年《野薑花詩刊》三十五期

焦黑的湖水怎樣都洗不淨
怎樣都洗不乾淨我的短刀
千萬條黑蛇嘔出泡沫
我不怕黑蛇

我懼怕的是泡沫毀滅的聲音

我不忍把手向上提
我的短刀、我的手掌就這樣
浸在焦黑的湖水裡

黑蛇纏住我的手臂
金屬銅的眼
光芒犀利
短刀墜入湖底

我的短刀
也要獨自去走一條焦黑的水路了

但我不知道它會不會依然晶亮
你會知道嗎
如果你看到我的短刀
能不能也告訴我

（泡沫在毀滅，千萬顆泡沫一直在毀滅）

我想拯救我的腳印
我想拯救整座陰冷的山
甚至拯救千萬條竄動的黑蛇
但我不能上山、我不能上山
因為我永遠地失去我的短刀了。

二〇二〇年

原載二〇二一年《秋水詩刊》一八七期

死亡獵槍

即使縮成透明的點。死亡獵槍
仍會射殺你。你無法不讓自己

成為靶。那些洶湧的火光那些
甜蜜的鬼影反覆喧囂著

過曝的色彩。你無法拒絕它們
攝你的魂。但你拒絕崩塌

堅守沉默。空洞的眼窩有狼的
爪痕：割人的羽毛。但你只能

躲進窟穴。暗夜難耐
影子拖著赤裸的你爬向

森林盡頭——血色的蝙蝠：飛舞的
子彈。抵抗、蜷縮、擁抱——反覆你都
煉過。
吶喊從來不是
你的選項。緊緊壓住生鏽的咽喉
——黑暗槍管。即使失去力量
仍會瞄準空蕩的心臟
環繞周身的是：三千個
飄浮的靶的幻影，每一張
破裂的臉。

二〇二一年

原載二〇二一年《創世紀詩刊》二〇七期

詩人

王信益（一九九八—），生於高雄。現就讀於東華大學華文系碩士班創作組。著有詩集《反覆練習末日》（秀威，二〇一九）。詩作選入《二〇一九臺灣詩選》。詩作曾獲全國優秀青年詩人獎、高雄青年文學獎、臺灣文學營創作獎、風球年度詩人獎等。詩作收錄於，南一書局高中國文學習評量測驗卷。

詩作散見於，紙本媒體：報紙副刊、《乾坤詩刊》、《秋水詩刊》、《創世紀詩刊》、《吹鼓吹詩刊》、《野薑花詩刊》、《幼獅文藝》、《有荷文學雜誌》。數位媒體：「晚安詩」、「破格詩」、「詩聲字」、「誠品人」、「每天為你讀一首詩」、馬來西亞「南洋文藝網路版」、換氣電子詩刊。

詩觀

注重一首詩的畫面感、場景感，與細節的呈現。然而，擊中心底的詩，未必有明顯的這些特質。喜歡特朗斯特羅默，這樣談詩的本質「詩是對事物的感受，不是再認識，而是幻想。一首詩是我讓它醒著的夢。詩最重要的任務是塑造精神生活，揭示神祕。」

詩評

已出版詩集《反覆練習末日》的王信益是風球詩社的健將，卻如「風球」二字一樣，隨時要升起信號警告人們熱帶氣旋如烈風暴風颶風的即將降臨。他的詩集名稱既稱「反覆」要「練習」的是「末日」，便如面臨災難前不斷的發出警示，充滿了飄盪不安的書寫氛圍，他的詩像是自導的獨白劇，騷動、游移，充斥非白即黑和死亡氣息，可能是外感時空的不確定或內發之敏銳憂思的本性所致。

〈喪禮〉是導演又是演員還兼場記，「典雅、簡樸、吝嗇」是心態也是他面對世界和情感的方式，「白色的鳥墜成白色的浪／白花顫抖成雪」像是手語或默劇，也是悲哀所在，旁觀者不明，只見你的心血墜落開燦如浪如雪而觀禮者卻「全都笑得燦爛」，這是「知我者謂我心憂，不知我者謂我何求」的現代版。〈時差〉或寫情傷後的回憶，「失控的斑馬／在荒原瘋狂繞圈」，不可控的場景如心情，暴漲暴落，末段是警句，寫出了人生常見的念頭忽生忽死的躑躅時刻。〈我的短刀〉更戲劇性，如果拍成卡通或動漫，會是一首很有寓言性的哲意詩，山／腳印／我、湖／黑水、泡沫／黑蛇／短刀形成可相互辯證糾纏的意象，把身心靈和追索的外在事物間彼此干擾的困境表現得很道地，值得佛洛依德或榮格心理學式的詳察剖析。〈燒〉寫即使懂得運算宇宙的天文學家也難逃地球人的宿命感。〈死亡獵槍〉寫面對末日無處可逃的窘境，但「拒絕崩塌」、「吶喊」不是「選項」，展現了詩人不妥協的頑強意志。（白靈）

林宇軒（一九九九——）

泥盆紀

離開城堡後，學會觀察
長高的牆是如何拉低天空
我記得那些混濁的日子
人群喧鬧，語言模糊
超載的墨水開始掉落
我們提起悲傷的繁史
迎接雨傘的花季

關起門窗，外頭的景色
模糊如高舉的泥盆
腳化為池雙眼成為金幣
我知道故事的結局：

舉手投足都是出生的城
每瞥餘光都必須精準投入
那些封起的雨和封不了的雨聲

春天來的時候，我剛被洗淨晾乾
灰色的世界裡沒有絕對
我曾溺水如浮動的島
島上的生物都被圈養
時鐘是主人，定時餵食歷史
這裡沒有悲傷沒有快樂
更沒有形象

我知道我們都將繼續。
循環是唯一的生存方式
在不會塌陷的天臺反覆洗禮
習慣所有的雨及所有黑暗
牆外的風景趨近對鏡
光與光進行遮掩的辯證

直到我們成為一樣的人

我記得我混濁的樣子
身體是臨時搭建的模型
數字胡亂拼裝如鷹架
手中沒有地圖，迷宮裡
只能沿著風撿拾腳印
看人潮的海浪不斷翻頁翻頁
動作如我翻找從前的灰塵
忘了瞳孔裡有王國的遺跡
古老建築的積水蒸發
世界還是一片模糊
我卻必須了解清楚

離開城堡後，我重新認識天空
重新學習陰晴交錯
我記得在石牆內的每次祈禱——
在這個年代，乾裂的泥盆

我們曾是窗外的流星
曾被自己的願望灼傷過

第四十四屆香港青年文學獎新詩初級組冠軍作品
選自《泥盆紀》（自印，二〇一八）

天真

無所求的午夜
不如到屋頂躺下，看大漠
讓滿城的風雲覆蓋身軀

太多問題在苦等智者，太多太多
時間，金錢，不理會人的星座
就一直向前匍匐，匍匐向前
一直穿越世紀末

忽然想到什麼，電光石火
一些慾望隨即出生，以爐心
對滿天星群高談闊論：
「黑夜是按耐性子的磨刀石——」

一想到就好冷。天空下的人
在黑暗中不停行走
偶爾眨眨眼，抬頭觀照世界
像世界觀照我們
以它全部的智慧與率真

天南地北啊雜念搭起了樓閣
塵土上的宇宙開始旋轉
生活到底是什麼？沒有人說話
這是我聽過最好的回答

原載二〇二〇年十月十九日《好燙詩刊：Poemcast》

傷停時間

——記二〇二〇

如果度過嚴冬，在新世界
我們穿越隔離區的雲海
看盡了睏，雪色，與山頭。如果人
開始檢視人的面目，眾多冷眼
放任額上的凍土滋長生事——
這就是冬天了嗎？寒暄裡微微有霧
發自你的內心。一切如此可惜
時間果然是最不起眼的人禍
驅策你側過身，看未來不能再更多
一輩子的白駒
全卡在這個時刻

灰牆與黑鐵，一整個世紀

霜花滿佈，穿梭其間啊你的雨鞋
反覆踩著自己，眉頭深鎖地
收拾陰招與棉襖。除了緊握的雙手
四周都萬劫不復了你知道嗎？
眼眶裡水靈靈的犀牛如此
堅信自己少少的勇敢，等待誰
將提著冰心前來營救

你有想過這些難事嗎？大愛
或者我們的死因。關於文明
災情自暗處滾滾而來
你的神正提著毛線衣，著裝齊整
對著石陣發愣：一些顫抖的臟器
一具紅泥小火爐，鐵鏟與碳
不停不停往裡頭送——
命運是否真的做了什麼？
如果廣廈的寒士，如果你
如果，我們度過嚴冬……

前戲

他是我認識世界的方法：「一起走嗎？
再也不要回來。」當我這麼問

——他的炭塗滿了我的生靈
光影在暗室流淌，洗劫我和他不堪的過往
本來面目，不過兩顆心乾乾淨淨
享受萬物在舌尖的雛形，嚐試
而敏於挺身。我一次次出神在此時
此地，一次次對床上的內臟下手，小小格局
來回製造動靜，嗯，他的確是個好人
有想法，刻苦耐勞，精明且知性
懂得去隱含一種堅持，能對誰
不帶齟齬地搬弄是非所以

原載二〇二〇年十二月二十一日《鏡文化・副刊》

我等。等的意思是選擇
知會的意思也是選擇

不愛是一種武器嗎？我提心上陣
無害的可能怯怯牴著骨架，直到完成自己
這些底細我全都記得。儘管只是剎那
誰的一部分曾死過，活過，在娑婆人世
我動用所有善感去揣摩
他，一個遲來的人開始認真
讓破破爛爛充盈身體，看我眼神迷離
裡頭多少個如此與當初，多少個我
為他漸次接受，直到彈指間大徹大悟：
眼。耳。鼻。舌。身。意外的浮屠
我展臂如兩面擦亮的鏡子
誰停下誰就是我的全部

對此我從不怪他。只感到空乏
人前人後我積累的時光

還不足對抗八方落下的水，一切的他
都使我精神抖擻，這麼多苦果與甜頭
成全我對他的體察：我願意如此
負責他的空前與絕後。當初所有執迷
驅使我兜手打勾，蓋印
誰能說自己沒有目的？我赫然抽身
受想行識，一心的疲沓
都來自他的過和我的不急
大千世界我告別當下的自己
只讓念頭在眼底掙扎——

而他說好。趁風雨正大
我們必須趕緊出發

二〇二一年中興湖文學獎現代詩首獎作品

路上的行人

我們村子到城裡讀書的師範生都失踪了
——劉克襄〈革命青年〉

還有多少時間？我不禁要問
路上的行人左支右絀，究竟誰
有足夠的夜晚，胸襟，誰有一顆心
在暗處點燈？新生垂垂
草木森嚴而大安，我不禁
要問這些口徑一致的說法
與槍法，如何面對神而撇頭
問他們如何瞄準良知，問他們
如何索求，動手，如何生存

更好的日子從沒有人過問
從來沒有。沒有人不帶一點傷口

而活得安穩——沒流過血的人
能算活著嗎？當守夜者不回答我
只看清明的雨，看回不去的從前從前
路上有手指遙遙伸出，正對著大同
和小紅帽，姿勢像是道別
明明黑夜已經失守
黎明卻還在門口脫靴

自時間裡回神，看一頭雙載的鐵馬
兩個未來的學者沒有更多辦法
到底，該如何在心的暗房
練習遺忘而同時記得——
想像誰被鬆綁，恨著火光
想像誰歌詠或不歌詠，在街頭
——在歷史的獵場
槍響過了很久，很久
路上的行人依舊匆忙

原載二〇二一年四月四日《自由時報・副刊》

詩人

林宇軒（一九九九—），新北新莊人。臺師大社教系與國文系畢業，臺大臺文所與北藝大文跨所就讀，現任臺師大噴泉詩社顧問、每天為你讀一首詩編輯、喜菡文學網新詩版副召集人。曾獲優秀青年詩人獎、香港青年文學獎冠軍、中興湖文學獎首獎、臺灣詩學研究獎等，二〇二一年度臺灣文學基地駐村作家。執筆《國語日報》文藝版專欄「詩的童話樂園」，詩作散見報刊雜誌，入選二〇一六與二〇一八年度《臺灣詩選》。獨立出版詩集《泥盆紀》（二〇一八），主持文學類Podcast節目《房藝厝詩》。

詩觀

網路世代下的現代詩產生了美學典範的轉移，在社群主導的文學場域中，如何被大眾看見、形塑出自我風格便成為最重要的事。文學作為一種社會活動，跨界的創作、研究與轉譯在不同媒介中開始發酵：其中最為凝鍊的現代詩，更應該思考個體與群體間的互動，在反映現實之餘創造現實。

詩評

已在詩壇嶄露頭角的林宇軒，是本詩選中最年輕的一位，出版過詩集《泥盆紀》的他，大學雙主修畢業，又跨二研究所就讀，展現了超強的學習力和毅力。創作力旺盛，正陡角爬升，其詩作視野寬闊、關心者不止一端，不停留於抒情、或單純陷溺於一己情思，所作又不只關懷一時一地一島一隅，鋪展眼光，開拓層面，是一顆甚可期待的新星。

〈泥盆紀〉是他近年的力作，將海峽兩岸四地的近況納入思索探討的範疇，也可以看作凡自限於泥盆走出泥盆時的醒覺、諷喻和批判，如此就不限於當下，「島上的生物都被圈養／時鐘是主人，定時餵食歷史」，這是百年所有華人的大悲哀，卻仍沒有終止，「我們曾是窗外的流星／曾被自己的願望灼傷過」，如此凡無法全然民主自由者都是此「泥盆紀」中的一份子。〈傷停時間〉（injury time）指球賽在正規時間外補足因球員替補、受傷或任何活動所損失的時間，此詩有反諷全世界因疫情而暫停運作，卻手足無措的窘境，讓「一輩子的白駒／全卡在這個時刻」，而神「卻著裝齊整／對著石陣發愣」，無所作為，極盡調侃。〈前戲〉是一首曖昧至極的詩，「他是我認識世界的方法」，這個他可以是愛情、性、情人、同志乃至夢或鬼魅，「一次次對床上的內臟下手」，意象跳躍而有新意。〈天真〉像是天問，「太多問題在苦等智者」，但無人可回，那是「最好的回答」，詩或是自問自答的一種方式。〈路上的行人〉是對「歷史獵場」的回望，漠然是行人的習性，即使有傷也淡然，「明明黑夜已經失守／黎明卻還在門口脫靴」，作者借助脫俗的意象表達了他的史觀和不滿。（白靈）

九　歌　文　庫　1　3　8　2

新世紀新世代詩選 2

國家圖書館出版品預行編目（CIP）資料

新世紀新世代詩選 / 向陽主編 -- 初版 . --
臺北市 : 九歌出版社有限公司 , 2022.06
面；　公分 . -- (九歌文庫 ; 1381-1382)
ISBN 978-986-450-450-3 (第 1 冊 : 平裝)
ISBN 978-986-450-451-0 (第 2 冊 : 平裝)
ISBN 978-986-450-452-7 (全套 : 平裝)

863.51　　111006630

主　　編——向陽
編　　委——白靈、焦桐、陳義芝、蕭蕭
執行編輯——鍾欣純
創 辦 人——蔡文甫
發 行 人——蔡澤玉
出版發行——九歌出版社有限公司
臺北市八德路 3 段 12 巷 57 弄 40 號
電話 / 25776564 傳真 / 25789205
郵政劃撥 / 0112295-1

九歌文學網　www.chiuko.com.tw

印　　刷——晨捷印製股份有限公司
法律顧問——龍躍天律師 · 蕭雄淋律師 · 董安丹律師
初　　版——2022 年 6 月

定　　價——450 元
書　　號——F1382
I S B N——978-986-450-451-0
9789864504480（PDF）